KB057572

『아비 그리울 때 보라』

김탁환 산문집

책을 부르는 책

『아비 그리울 때 보라』

册과
책임
: 01

ㄴㄴ〉〈ㄷㄴ

/ 차례 /

Intro 별을 보기 위해선 고개를 들어야 한다 / 9

목격자가 되자 / 17
'정확히'란 단어에 힘을 주라 / 21
호기심의 모험을 즐기자 / 25
진상 규명엔 시간제한이 없다 / 29
눈물은 눈에 있는가 아니면 마음에 있는가 / 33
쓰기 힘들 때도 쓰고, 쓸 수 없을 때도 쓰는 사람! / 37
이 세계 어디선가 누군가에게 행해진 모든 불의를
깨달을 수 있는 능력을 키웠으면 좋겠구나 / 41
시간, 공간, 인간의 그 '사이 간間'을 주목하라 / 45
모든 삶을 전기에 기댈 필요는 없다 / 49
궁금한 이야기는 아직 시작되지도 않았다 / 53
비상은 파괴요, 설렘이다 / 57
삐딱함 없이는 작가도 없다 / 61
또 써봐! / 65
'인생의 잡음'을 '내면의 울림'으로 이끌라 / 69
김광석은 왜 노래를 찾아 떠돌았을까 / 73

가까이서 본다고 더 잘 보이는 것은 아니더라 / 77

필사의 핵심은 공감과 자발성이다 / 81

지금 당신의 7은 무엇인가 / 85

가정법을 통한 상상의 가치는 줄어들지 않는다 / 89

사랑이 그를 견디게 한 것이다 / 93

거미가 사용하는 도구는 한 가닥 실이다 / 97

실패한 곳으로 돌아가고, 성공한 곳은 떠나라 / 101

삶은 내가 쓰는 문장 속에 있다 / 105

법칙을 이끌어내는 건 경험이다 / 109

진짜 고독한 사람들은 쉽게 외롭다고 말하지 못한다 / 113

글을 쓰는 한 우리는 젊은 영혼이다 / 117

이 길에서 저 길까지, 혜초는 그저 걸었다 / 121

'동네 영화관' 보다 더 좋은 몽상관은 없다 / 125

글도 춤도 결국 발바닥으로 시작하는 것이다 – 리심이 맺어준 인연(1) / 129

글도 춤도 결국 발바닥으로 시작하는 것이다 – 리심이 맺어준 인연(2) / 134

글도 춤도 결국 발바닥으로 시작하는 것이다 - 리심이 맺어준 인연(3) / 138

글도 춤도 결국 발바닥으로 시작하는 것이다 - 리심이 맺어준 인연(4) / 143

글도 춤도 결국 발바닥으로 시작하는 것이다 - 리심이 맺어준 인연(5) / 148

장벽은 절실하게 원하지 않는 사람들을 걸러내려고 존재한다 / 152

지구는 왜 외국인만 지킬까 / 156

로봇 휴보가 시를 읊는 그날을 기대하자 / 160

살아서 돌아온 자만이 여행기를 남기는 법이다 / 164

스토리텔러가 아닌, 스토리 디자이너가 되라 / 168

코미디가 심각한 현실이 되는 것만큼 슬픈 일은 없다 / 172

햇빛을 저 반딧불과 비교하지 말라 / 176

문화 콘텐트의 힘은 무한하다 / 180

불안과 매혹은 살아 있다는 증거다 / 184

삶의 이치는 '도道'에 다 있다 / 188

오늘이야말로 올바름으로 돌아가는 첫걸음일지니 / 192

이야기 산업의 미래를 준비하라 / 197

지금 여기의 문제는 결국 인간의 문제다 / 201

최고 상황을 기대하고 최악 상황에 대비하라 / 204

배움이란 한 사람이 한 사람을 뜨겁게 만나는 과정에 다름아니다 / 208

내가 알고 있는 가장 진실한 문장 하나면 돼 / 212

벼랑에 매달려 손을 놓는 이가 돼라 / 216

outro 갈 길이 멀다 / 221

작가의 말 기교는 진심을 이길 수 없다 / 226

별을 보기 위해선
고개를 들어야 한다

인간은 질문하는 동물이다. 신과 자연과 인간이 안긴 불행 앞
에서, 인간은 묻고 또 물어왔다. 끝없는 물음은 얼핏 헛되어 보이
지만 이보다 변화무쌍하고 강력한 무기는 없다. 인간에겐 스스로
납득할 때까지 악착같이 질문할 자유가 있다. 아우슈비츠 생존 작
가 프리모 레비는 "이것이 인간인가"라는 물음을 화두로 회상록
을 썼고, 어니스트 헤밍웨이는 스페인 내전을 다룬 이야기를 "누
구를 위하여 종은 울리나"라는 제목으로 감쌌다.

"잊지 않겠습니다"는 지난 1년 동안 세월호 참사 관련 행사에
서 가장 많이 외친 구호다. 생략된 목적어는 무엇일까. 세월호 참
사로 희생된 이들일 테고, 불법과 부패로 점철된 사실들일 것이
다. 떠올려보라, 1년 전 4월 16일 당신에게 각인된 풍경들을! 적
어보라, 그 사건과 이어진 추악한 단어들을! 여전히 많은 부분이

9

또렷하지만 어떤 장면은 흐려졌고 검은 구멍으로 바뀐 곳도 있다. 망각은 힘이 세다. 잊지 않겠다는 다짐만으론 부족하다. 방법을 찾아야 한다.

한 해 동안 많은 이들이 팽목항을 다녀갔다. 나도 가을에 진도 앞바다에서 이틀 밤을 보냈다. 노란 리본 가득한 그곳은 질문의 바다였다. 항구의 불빛을 등진 사람들이 통곡과 분노와 그리움으로 쏟아낸 물음들은 파도처럼 끊임없이 내 귀로 밀려들었다.

유언流言이니 비어蜚語니 하며 질문을 틀어막으려는 시도도 있었다. 광화문 일대를 제외하곤 때론 너무 조용하단 착각까지 일었다. 그 새벽 팽목항을 거닐며 안도의 한숨을 쉬었다. 질문은 막히지도 부족하지도 않았다. 가장 하찮은 것에서 가장 소중한 것까지, 가장 북받치는 것에서 가장 아리는 것까지 퇴적층을 이룰 만큼 충분히 두꺼웠다. 질문이 멈추면 기억도 멈춘다는 것을 출렁이는 바다를 보는 순간 모두 직감한 것이다.

한편으론 새로운 걱정이 시작되었다. 팽목항에 묶여 흔들리는 수천 개의 리본처럼, 맹골수도의 밤하늘에 반짝이는 뭇별처럼 질문이 너무 많았다. 두서없는 질문은 모래알처럼 흩어지는 법. 질문들이 힘을 얻고 빛을 뿜기 위해선 핵심 질문을 가려 건져 뭉쳐야 한다.

일찍이 장편 작가들은 거대한 불행을 향해 간절한 질문을 던져왔다. 질문을 얼음송곳처럼 깎고 쇠망치처럼 단련하기 위해 몇 달 혹은 몇 해를 보냈다. 질문이야말로 이야기를 새로운 차원으로 끌어올리는 원동력임을 아는 것이다. 수천 개의 질문이 얽히고설

켜 벽을 쌓고 성을 만든다. 충분히 검토한 무수한 질문을 딛고 일어선 후에야 비로소 가장 중요한 물음이 망루에서 깃발로 휘날린다. 그 깃발의 핵심 단어가 작품의 제목으로 올라서기도 한다. 톨스토이의 『전쟁과 평화』(범우사, 1997), 도스토옙스키의 『죄와 벌』(민음사, 2012)이 대표적이다.

2014년 4월부터 두 달 남짓, 나 역시 세월호 참사를 품고 설명하기 위한 물음을 찾아 헤맸다. 할 수만 있다면 이 끔찍한 불행을 나만의 문장으로 옮겨보고 싶었다. 이미 나온 질문들을 모아 '질문록'으로 정리했고 제시된 답도 함께 옮겨 적었다. 이 과정에서 발견하여 내 방식대로 버린 질문은 모두 셋이다.

첫째, 생명을 어떻게 지킬 것인가.

대한민국 국민이라면 누구나 생명보다 존귀한 것은 없다고 배우며 자란다. 부귀영화도 생명 앞에선 지극히 하찮다. 그러나 역사를 잠시만 훑어도 수많은 생명이 한순간에 사라진 대목과 맞닥뜨린다. 홍수나 쓰나미 같은 자연재해, 페스트로 대표되는 돌림병에 의한 피해도 막대했지만, 인간이 만든 국가와 공동체 속에서 벌어진 참사도 적지 않았다. 전쟁과 테러는 물론이고, 비행기 추락이나 선박 침몰도 잇달았다. 무엇이 존귀한 생명들을 한순간에 앗아가는가. 대형 참사를 가능하게 만들거나 앞당긴 인간의 탐욕은 어디서 싹이 나고 어떻게 자라는가. 그 모든 불의에 맞서서 생명을 지킬 궁극적인 방법은 무엇인가. 생명을 최우선으로 두지 않는 이데올로기나 제도나 관습에 대한 전면적인 재검토가 필요하다. 아무리 강조해도 지나치지 않다.

둘째, 무너진 인간의 존엄성을 어떻게 회복할 것인가.

이 물음은 죽은 자들의 존엄성을 지키는 문제와 산 자들의 존엄성을 지키는 문제로 다시 나뉜다. 먼저 죽은 자들의 존엄성을 보자. 304명이 목숨을 잃었고, 아직 9명의 실종자가 차디찬 수중에 있다. 망인들의 인간다움을 지키기 위해선 어찌해야 할까. 단원고 희생자들의 초상화를 계속 그려온 박재동 화백의 의견을 들은 적이 있다. "누가 죽는다는 것은 더이상 그 사람에게 관심을 두지 않는다는 것이다. 그때 그 사람은 살아 있더라도 내겐 죽은 것이다. 누가 살아 있다는 것은 내가 계속 그 사람에게 관심을 둔다는 것이다. 따라서 내가 그린 단원고 아이들은 내 가슴엔 살아 있다. 내가 아는 사람들이기 때문이다."

누군가를 기억하는 방법은 복잡하지도 않고 많지도 않다. 그이름을 한 번이라도 더 적는 것, 그 삶과 꿈에 관심을 갖는 것에서부터 시작해야 한다. '4·16 세월호 참사 시민기록위원회 작가기록단'이 유가족을 비롯한 관련자들의 이야기를 채록하는 일이나 '세월호를 생각하는 사진가들'이 힘을 합쳐 '아이들의 방'을 사진으로 찍어 전시하는 것 역시 이런 노력에 속한다.

산 자들의 존엄성 회복도 놓쳐서는 안 될 중요한 문제다. 대한민국 국민 중 상당수가 침몰하는 세월호를 생중계로 보았으며, 참혹한 소식을 접하면서 크든 작든 마음의 상처를 입었다. 죄책감과 슬픔과 안타까움이 뒤엉킨 내상內傷을 치유하려는 지속적인 활동이 이어져야 한다. 치유 공간 '이웃'을 비롯한 단체들이 소중한 것도 이 때문이다.

셋째, 어떻게 이 고통을 극복하고 다른 인간으로 거듭날 것인가.

고통을 피하려는 것은 인간 본성이다. 육체의 아픔뿐만 아니라 고통을 낳는 감정 역시 그대로 두고 시간을 끌면 대부분 외면할 구실을 찾게 된다. 고통을 비극의 차원으로 끌어올려야 하는 이유가 여기에 있다. 비극은 단순히 슬픈 이야기가 아니라, 절체절명의 위기에 빠진 주인공이 고통 속에서 자신의 영혼을 강건하게 만드는 이야기다. 어려움을 견디고 극복하여 '다른 인간'으로 바뀌는 서사인 것이다.

아우슈비츠 이후에 과연 시를 쓸 수 있을 것인가 하는 물음은 유대인 학살을 직접 혹은 간접으로 체험한 인류가 그 문제를 통렬히 반성한 뒤 거듭날 수 있는가 하는 물음과 동격이다. 그 물음은 세월호 참사를 겪은 우리에게도 고스란히 적용된다.

지난 1년 동안 더 나은 인간의 모습을 보인 이들은 세월호 유가족이다. 망극한 불행을 당해 제 몸 하나 가누기 힘든 상황임에도, 그들은 팽목항에서 광화문까지 걷고 말하고 쓰면서 함께 나아왔다. 참사가 터지기 전까진 민주공화국의 평범한 국민이자 일상에 충실한 시민이면서 고등학생 자녀를 둔 부모가 그들이었다. 사건 직후 그들은 가장 민주적인 방식으로 회의하여 모임을 꾸리고, 터무니없는 모략과 선동 앞에서도 침착하게 인내하며, 돈과 시간으로 원칙을 흐리려는 자들에게는 단식을 비롯한 여러 방식으로 강력히 항의하면서 하루하루 꽉 찬 삶을 살았다. 특별한 사람만이 다른 인간이 되는 것이 아니었다. 등이 휠 것 같은 고난에 진심으로 맞선 유가족에게서 나는 인간의 품격을 느끼고 배웠다.

거리의 노란 리본들이 겨울비에 젖고 북풍에 찢겨 더러워질 즈음 개나리가 피기 시작했다. 희생자를 기리던 작은 리본은 이제 광화문이나 팽목항 혹은 경기도 안산에만 있는 것이 아니라, 봄꽃이 피는 방방곡곡에서 노란 빛을 뿜어냈다.

인간의 시간 인식은 상반된 측면이 있다. 한번 흘러가버리면 다시 오지 않는다고도 하고, 다시 그 아침 그 봄이 돌아왔다고도 한다. 지구의 자전이나 공전으로 반복을 설명할 수도 물론 있지만 올해 4월엔 조금 다른 생각을 덧붙여본다. 누군가를 기억하기 위하여 그 아침과 그 봄이 돌아오는 것이라고. 지나쳐 사라지는 것이 아니라 다시 더 잘 기억할 기회를 남은 우리들에게 주려는 자연의 섭리라고.

장편소설을 쓰기 위해 사료를 살펴다보면, 한 인간에 대한 기록이란 크게 세 가지뿐임을 알게 된다. 첫째는 그 자신이 남긴 기록이다. 유품까지 포함하여 그가 생전에 몸과 마음으로 활동한 결과물을 정돈하여 모을 필요가 있다. 둘째는 그를 알던 지인의 기록이다. 가족이나 친구, 직장 선후배 등이 모두 포함된다. 삶을 함께 꾸린 이들을 찾아서 그때 그 순간의 언행을 옮겨둬야 한다. 사람 됨됨이에 대한 회고 역시 독특한 개성을 묘사할 중요한 근거가 된다. 마지막으로 공동체나 국가의 공식 기록이다. 공적인 활동을 했다면 공식 기록을 통해 그 면면을 찾아야 하며, 공적인 역할을 맡지 않았다고 해도 중요한 사건에 참여하거나 평가받을 부분이 있다면 검토할 필요가 있다. 조선을 건국한 정도전을 예로

든다면,『삼봉집』이 첫번째 기록이고, 정도전과 함께 세월을 풍미한 정몽주, 이숭인 등의 문집에 담긴 정도전의 행적이 두번째 기록이며,『고려사』와『조선왕조실록』에 남아 있는 정도전의 언행과 평가가 마지막 기록이다.

자발적인 시민이나 민간단체에 의해 세월호 참사의 물증을 확보하고 기록을 모으는 작업이 꾸준히 진행되었다. 물증과 기록을 모으는 것과 질문을 새롭게 발견하는 것은 동전의 양면이다. 더 많이 모으면 더 많이 질문하게 되고, 더 많은 질문을 좇다보면 더 많은 기억을 찾아 기록하게 되는 것이다. 개인과 시민공동체에서 쌓아온 지난 1년의 노력을 이제 국가 차원에서 취합하여 체계적으로 정리할 때가 되었다. 새롭게 제기된 질문들에 대한 조사 역시 국가가 책임을 지고 해나가야 한다. 이것은 정권의 잘잘못을 가리는 문제가 아니라 국가 존망의 문제다. 민주공화국은 주권자인 국민 한 사람 한 사람을 소중히 여기는 국가체제이기 때문이다.

4·16 세월호 참사 특별조사위원회가 안타깝게도 본격적인 활동을 못하고 있다. 이런 상황에서 세월호 참사를 몇 개의 단어로 규정하는 것보다 성급하고 어리석은 일은 없다. '단순한 교통사고'라거나 '불운' 따위는 마지막에 들먹여도 늦지 않다. 지금 필요한 것은 1년 동안 제기된 질문과 확보한 물증과 모은 기록을 펼쳐놓고, 그 속에서 참사의 진상을 조사하는 것이다. 가장 중요한 물증인 세월호를 반드시 인양하여 명명백백하게 공개한 후 전문가의 정밀 분석이 뒤따라야 한다. 망자의 최후가 몸에 남아 있다는 시신 검안의들의 주장을 강조하지 않더라도, 침몰을 둘러싼 각종

의혹을 해소할 중요한 단서가 세월호 선박 그 자체란 것은 상식이다.

단원고 희생자들이 하늘로 올라가 별이 되었다는 이야기를 들을 때마다 단테가 쓴 『신곡』(민음사, 2007)의 마지막 부분이 떠올랐다. 지옥 편, 연옥 편, 천국 편 모두 별을 언급하며 끝난다. 지난 1년 우리는 가여운 영혼들이 사라진 바다를 아픈 질문을 쏟아내며 들여다보았다. 절망의 끝, 울분의 끝, 사무침의 끝이 거기에 있었다. 별을 보기 위해선 고개를 들어야 한다. 아이들이 모두 하늘로 올라가서 별이 되었다는 문장은, 그 하늘 아래에서 아이들에게 부끄럽지 않은 사람이 되겠다는 다짐이다.

봄 바다에서 밤하늘까지 들여다보고 올려다보자. 외면하는 짐승이 아니라 질문하는 인간이 되자. 각자의 자리에서 저마다의 핵심 질문을 만들어 끈질기게 묻고 또 묻자. 글로도 묻고 그림으로도 묻고 노래로도 묻자. 어제를 반성하고 오늘을 만들고 내일을 준비하자. 그렇게 고투하며 쌓은 시간을 장편 작가들은 소설의 아름다운 육체라고도 불렀다. 물음을 쥐고 답을 만들며 하루하루를 보내는 것만이 세월호 참사를 잊지 않는 방법이며, 우리가 다른 인간으로 거듭나는 길이다. (2015)

목격자가 되자

"유인원은 유인원을 죽이지 않는다." 영화 〈혹성탈출―반격의 서막〉에서 잊히지 않는 문장이다. 유인원을 이끄는 지도자 시저는 유인원이 인간보다 낫다고 믿었고, 이 문장을 공동체의 원칙으로 삼았다. 유인원끼리 반목하며 목숨까지 빼앗자, 시저는 유인원이나 인간이나 다를 바 없다며 안타까워한다. 그래도 유인원이 인간보다 못한 적은 없었다고 여기는 듯하다.

사진 한 장이 일주일 내내 송곳처럼 가슴을 찔렀다. 늦은 밤 이스라엘 스데롯 언덕을 찍은 사진이다. 가자 지구 쪽으로 가지런히 의자를 놓고 앉은 사람들의 얼굴엔 웃음이 가득하다. 축제를 기다리는 관광객처럼 들떠 있다. 그 밤 이스라엘군이 가자 지구를 폭격했다. 언덕 위의 이스라엘인들은 폭음이 터질 때마다 환호했다고 기자는 전했다. 누군가의 참혹한 죽음이 누군가에겐 밤 나들이

17

의 소소한 기쁨이었음을 증명하는 사진이다.

폭격과 함께 사망자 숫자가 시시각각 늘었다. 지난봄, 진도 앞바다에 침몰한 세월호의 슬픔이 겹쳤다. 구조자 숫자는 멈췄고 사망자 숫자만 늘어나던 밤들!

가자 지구 곳곳에서 아직 학교도 들어가지 못한 팔레스타인 아이들이 죽었다. 한쪽에선 부모들이 죽은 자식을 부둥켜안고 오열하는데, 다른 쪽에선 그 죽음을 바라보며 즐거워하고 있었다. 불지옥이 따로 없었다.

『삼국지연의』에서 남만 정벌에 나선 제갈량은 반사곡에서 적군 3만 명을 몰살시킨 후 눈물을 쏟았다. 국가를 위해선 영토 확장이 꼭 필요했으나 너무 많은 사람을 죽였기 때문이다. 명분이 아무리 그럴듯해도 군인이든 민간인이든 생명을 앗는 짓은 피해야만 하는 마지막 선택이다. 어쩔 수 없이 죽고 죽이는 상황이 만들어진다면 우리는 이 억울한 주검들의 목격자가 되어야 한다. 왜 그들이 그렇게 죽을 수밖에 없었는지, 한 명이라도 더 살릴 방법은 없었는지 따져야 한다. 무섭고 슬프고 아파서 외면하고 싶더라도 목격자답게 두 눈 크게 뜨고 지켜봐야 한다.

그리고 목격담을 자신만의 방식으로 풀어낼 필요가 있다. 피아니스트 백건우가 준비한 '세월호 사고 100일 희생자 추모공연, 영혼을 위한 소나타' 독주회와 만화가 박재동이 선보이고 있는 세월호 희생자들의 얼굴 그림이 바로 이 목격담들이다. 법정의 증언처럼 딱딱하지 않아도 된다. 자신이 보고 듣고 느낀 것을 솔직하게 털어놓는 자리면 충분하다. 세월호 대책위에서 벌이는 특별법

제정을 촉구하는 천만 명 서명 운동도 대한민국 국민이 모두 이 비극의 목격자가 되어주기를 바라는 마음이다.

목격자가 아닌 구경꾼으로 전락하는 이들도 있다. 스데롯 언덕에 모여 웃고 떠든 자들이야말로 전형적인 구경꾼이다. 타인의 불행에 가슴 아파하며 눈물 흘리거나 위로의 말을 건네는 대신, 그 죽음을 조롱하는 자들! 지금 가자 지구에서 숨이 끊긴 인간은 인간이 아니라고, 개돼지보다 못하다고, 벌레라고 강변한다. 인간이라면 어찌 돕지 않겠느냐고, 같이 아파하지 않겠느냐고 능청스럽게 되묻기까지 한다. 편견과 복수심이 공감의 두 눈을 멀게 만든 것이다.

영화 〈혹성탈출〉에선 목격자들을 구경꾼으로 변질시키는 장면이 나온다. 시저에 이어 권력을 잡은 코바는 인간을 죽이라고 애쉬에게 명령한다. 애쉬가 명령을 따르지 않자, 코바는 "유인원은 유인원을 죽이지 않는다"는 원칙을 깨고 애쉬를 난간 밖으로 던져 살해한다. 이 광경을 지켜본 유인원들은 코바에게 항의하지 않고 오히려 그의 명령에 순종한다. 유인원 혹은 인간이 죽든 말든 상관하지 않는 구경꾼이 된 것이다.

시저가 돌아오기 전까지 대다수의 유인원은 유인원으로서의 자부심을 잃고 구경꾼 생활에 빠르게 적응했다. 말하긴 어렵고 침묵하긴 쉽다. 폭격 외엔 방법이 없었느냐고 문제 제기하긴 어렵고 군인과 민간인을 잘 가려 조준하라고 충고하긴 쉽다. 기억하긴 어렵고 망각하긴 쉽다. 시인 이면우는 『아무도 울지 않는 밤은 없다』(창비, 2001)고 적었다. 바뀌는 숫자 앞에서 '아무도 죽지 않는

밤은 없다'고 확인하는 여름밤이다. 적군인지 아군인지, 기독교도
인지 이슬람교도인지, 유인원인지 인간인지 구별하지 말라. 구경
꾼의 의자에서 내려와 무릎을 꿇고 스러져간 생명을 위해 잠시라
도 눈을 감자. 목격자가 되자. (2014)

『삼국지』, 나관중, 김구용 옮김, 솔, 2000
다시 읽으면 새롭게 읽히는 대하소설. 혈기왕성할 땐 통일국가
를 향한 영웅들의 활약이 눈에 띄지만, 삶에서 크고 작은 전쟁을
치른 뒤 재독하면 무수한 전투중에 죽어간 장졸과 백성의 주검
이 행간에 밟힌다. 영웅과 영웅이 부딪쳐 합을 겨루는 『삼국지』
를 읽는 틈틈이, 적군의 그림자도 못 본 상황에서 포탄에 죽어가
는 『서부 전선 이상 없다』(열린책들, 2009)를 꺼내 들곤 한다.
전쟁소설은 어떤 명분을 앞세우더라도, 피로 쌓은 이야기일 수
밖에 없다.

'정확히'란 단어에
힘을 주라

고인돌에 새긴 별자리를 아낀다. 우주를 느끼는 시간이기 때문이다. 거대하고 성능 좋은 천체망원경이 없더라도 인간은 원시시대부터 맨눈으로 밤하늘을 우러렀고, 반짝이는 별들을 돌판에 새겼다. 나는 고인돌에 파인 검은 점들을 손끝으로 어루만지며 묻곤 했다. 왜 이 원시인은 밤하늘의 별을 고인돌로 옮겼을까. 어디서 태어났고 누구를 사랑했으며 어떤 일을 겪은 후에 가장 슬펐고 또 언제 가장 행복했을까. 다른 질문들은 선뜻 답하기 어렵지만, 마지막 질문엔 내가 그인 듯 속삭이곤 했다. "밤하늘의 별들을 정확히 고인돌에 새길 때 저는 행복합니다." '정확히'란 단어에 힘을 준다. 각 별의 크기는 물론이고 별과 별 사이의 거리를 측정하기 위해 그는 얼마나 많이 고개를 치켜들었다가 숙였을까.

『숲에서 우주를 보다』를 읽자마자 별자리를 고인돌에 새긴 원시인의 사려 깊은 손길을 떠올렸다. 이 책은 숲 일기다. 데이비드 조지 해스컬은 테네시 주 남동부의 경사진 숲을 오가며 1년을 보냈다. 월든 호숫가의 데이비드 소로처럼 현대 문명과 단절한 채 은거한 것이 아니라, 대학교수 생활을 하면서 일주일에 서너 차례 숲으로 갔다. 그곳에서 해스컬은 아름다우면서도 '정확히' 기록하고자 노력하였다. 그리고 눈으로 본 것과 최신 연구성과를 모아 문장을 만들고 문단을 쌓았다.

숲에는 미생물부터 식물과 동물까지 다양한 생명체들이 저마다의 방식으로 살아가고 있다. 해스컬은 그중에서 별자리 하나를 고르듯, 오늘 유심히 살필 숲의 구성원을 정한다. 2월 28일엔 도롱뇽이고 8월 26일엔 여치다. 이 녀석들을 딱 그날에만 만나야 하는 필연적인 이유는 없다. 그가 숲으로 간 날 도롱뇽과 여치가 우연히 등장했을 뿐이다. 그들과 만나지 못했다면, 그날의 일기는 다른 생물로 채워졌으리라. 물론 해스컬은 계절에 따라 어떤 생물이 숲에 자주 등장하는지 잘 알고 있기는 하나 숲은 인간의 예측을 항상 충족시켜주진 않는다. 비나 눈이 오거나 먹구름이 잔뜩 끼면 아무리 눈 밝은 원시인이라 해도 뭇별을 우러를 수 없는 것처럼.

해스컬은 숲에서 만난 생물을 묘사하는 데 그치지 않는다. 연구실로 돌아와서 그와 관련된 최신 연구를 찾고 문학 작품에서 그 생물의 쓰임까지 확인하여 숲 일기에 녹인다. 해스컬이 아무리 박식해도, 도롱뇽을 보자마자 숲에 쭈그리고 앉아 양서류의 역사를 매끄럽게 써내려가진 않았을 것이다. 숲에서 만난 친구를 풍부하게 담기 위해 숲 안팎에서 정성을 다하는 모습이 눈에 선하다.

『백화보百花譜』라는 꽃에 관한 그림책을 쓴 김덕형 역시 꽃을 '정확히' 담고자 최선을 다했다. 서문을 쓴 박제가에 따르면, 김덕형은 꽃 아래 자리를 마련하고 누운 채 꼼짝도 않고 관찰하였다고 한다. 미쳤다는 비난이 일었지만 김덕형은 중단하지 않았다. 자신이 거듭 보는 꽃에만 집중했다. 다른 건 아무래도 상관없었다. 누구나 아는 꽃도 여러 각도로 집중해서 본 후 그렸으니 '꽃의 역사'에 헌신한 공신이 되고도 남음이 있는 것이다.

고인돌 별자리, 숲 일기, 꽃 그림책 등 결과물은 제각각이지만, 자신이 좋아하는 대상을 옮겨 적기 위한 고군분투는 마찬가지다. 나는 이번 주에 이 세 사람과 세 개의 작품을 놓고 환생놀이를 즐겼다. 방법은 간단하다. 해스컬이 원시시대에 태어나서 별을 사랑했다면 고인돌에 별자리를 새겼을 것이고, 김덕형이 미국 테네시주에서 자라며 숲을 즐겼다면 『숲에서 우주를 보다』와 같은 숲 일기를 썼으리라. 셋은 결국 몸은 다르지만 쌍둥이처럼 닮은 영혼인 것이다.

소설을 쓰고 싶다는 이들을 부쩍 많이 만났다. 발단부터 결말까지 구조를 치밀하게 짜거나 등장인물을 다채롭게 묘사하거나 갈등을 강력하게 키우는 법을 배우고 익히면 언젠간 작가가 될 것이라고 막연하게 기대하는 습작생들이 의외로 많다. 그들에게 앞에서 거론한 세 사람의 목소리를 하나로 모아 화음으로 들려주고 싶다. "우선 책상을 떠나 자신이 가장 아끼는 대상에게 가십시오. 한 번만 가지 말고 시도 때도 없이 가서 그 대상을 바라보십시오. 일상으로 돌아온 후에도 그 대상을 이해하기 위해 정성을 쏟으십시오. 그러고 나서 무엇인가를 써보았다면, 나는 당신이 작가 수업을 충분히 받았다고 인정하겠습니다. 그 글의 수준과 무관하게 당신은 이미 작가입니다." (2014)

『숲에서 우주를 보다』, 데이비드 조지 해스컬, 노승영 옮김, 에이도스, 2014

'시인과 촌장'의 〈숲〉을 닮은 책. 저자는 1년 동안 테네시 주 남동부 경사진 숲을 들락날락하며 오감과 지식을 총동원하여 자기 앞에 펼쳐진 장관을 이해하려고 노력한다. 치밀한 과학적 탐구이면서, 시와 산문이 어우러진 에세이고, 자연의 일부로서 인간다움을 재정립하는 깨달음의 길이기도 하다. 차례만 펼쳐보아도 저절로 숲에 들어가 앉은 느낌이 든다.

호기심의 모험을
즐기자

이게 다 호기심 때문이다. 아침에 소설을 쓰다가 커피 한잔을 내려마시던 재작년 가을, 트위터에 노래 몇 곡 링크해서 걸어두고 검은 석유로 지친 뇌를 위로하곤 했다. 그때 우연히 타임라인에 셀피 한 장이 올라왔다. 배경은 말 그대로 풀 한 포기 나지 않는 황무지였고, 얼굴이랍시고 가까이 찍힌 것은 화성탐사로봇 큐리오시티Curiosity였다. 그날부터 내겐 새로운 취미가 생겼다. 로봇이, 그것도 화성에서 찍어 지구로 보낸 사진이나 동영상을 내 집 서재에서 두 다리 쭉 뻗고 커피 홀짝이며 감상하는 아침이라니! 어떤 날은 땅을 파고 암석을 채취하는 과정을 보여주고, 어떤 날은 지평선의 광활한 풍광을 담아내며, 어떤 날은 그동안 자신이 탐사한 곳을 화성 지도 위에 표시하기도 했다. 지구가 아닌 다른 행성의 지면을 이렇듯 가까이 본다는 것은 충격이자 즐거움이었다.

작년 봄, 서대문자연사박물관에 '우주생물학' 연속 강연이 마련되었다는 소식을 듣자마자 수강 신청을 했다. 아침마다 화성을 들여다보고 있자니 지구 밖 행성에서 생물이 존재할 가능성이 얼마나 되고, 또 그 가능성을 어떤 식으로 예측하는지 궁금했던 것이다. 강연을 맡은 연구자들의 면면부터 흥미로웠다. 천문학자, 미생물학자, 물리학자, 철학자, 지질학자 등이 '우주생물학' 아래 모여들었다. 말 그대로 융합 학문인 것이다. 과학서적을 읽느라 애를 먹었지만 즐거운 지식이 쌓이는 시간이었다. 생물이 도저히 살 것 같지 않은 극지에서 발견된 생명체의 이름도 외우고, 지구와 비슷한 조건의 행성을 찾아내는 방법도 익혔다. 창백한 푸른 점, 지구에서 생명체가 만들어지기까지의 과정도 훑었다.

공부의 열기는 아시아태평양이론물리센터에서 선정한 '2013년 올해의 과학책 10권'에 대한 강의를 듣는 것으로 이어졌다. 우주생물학을 다룬 마크 코프먼의 『퍼스트 콘택트』도 들어 있었다. 이 책을 번역한 민영철 박사의 설명에 따르자면, 특정한 위치 특정한 시간에 화성에서 발견되는 매탄가스에 주목해야 한다고 했다. 지구 대기 중 메탄가스의 약 90퍼센트가 살아 있는 생명체로부터 나오는 부산물이다. 화성의 메탄가스는 살아 있거나 한때 살아 있었던 외계 생명체에 의한 결과일 수도 있다.

강연 후 박물관 앞 치킨집의 뒤풀이도 즐거웠다. 생맥주 한잔을 마시며 강연자의 사사로운 고백부터 중요한 연구 성과까지 접한 밤엔 영혼의 포만감으로 인해 밤늦도록 동네를 돌아다녔다. 어두컴컴한 마음의 절반이 열리는 기분이었다. 고개를 들고 밤하늘을 우러렀다. 어제는 취한 김에 손나팔을 만들어 "큐리오시티!"라고 힘껏 불러보기도 했다. 하늘에서 응답이 내려올 것만 같았다.

SNS를 통해 자주 소식을 주고받아서인지 내겐 이 로봇이 화성이란 위험하고 먼 곳으로 탐사 여행을 떠난 용감한 친구 같다. 훔볼트나 다윈을 떠나보내고, 고향에서 그들을 걱정하면서 한편으론 자랑스러워하는 심정이 이와 같을까. 그때와 다른 점이 있다면 훔볼트와 다윈은 고향에 연락하기가 무척 어려웠지만, 지금은 오늘 아침 큐리오시티가 화성에서 장난처럼 찍은 자신의 그림자를 같은 날 우리가 지구에서 보고 미소 지을 수 있다는 사실이다.

가끔 나는 큐리오시티의 활약상을 옆집 친구의 일처럼 떠들기도 한다. 글쓰는 동료들을 만날 때나 독자들과 어울릴 때도 문학 작품 대신 큐리오시티의 근황을 들려주느라 바쁘다. 화성에 사는 돈키호테의 모험을 이야기하듯이. 조금은 당혹스러운 얼굴들이 내게 묻는다. "호기심이 혹시 작가님 작업을 망치기라도 한 겁니까?"

망치기는커녕 우리는 묘하게 격려하는 관계다. 나는 큐리오시티가 화성에서 오늘도 무사히 탐사 활동을 이어가기를 기원하는 댓글을 단다. 집필중인 소설이 막히면 큐리오시티 앞에 펼쳐진, 아직 어떤 인간도 딛지 않은 땅을 쳐다보며 이 로봇의 막막한 외로움을 가늠한다. 큐리오시티도 홀로 화성을 부지런히 누비는데, 나도 지구에서 내 문장을 파고드는 것이 마땅하지 않겠는가.

큐리오시티가 화성을 탐사한 지 1년이 되었다고 한다. 화성의 공전주기를 따르니 지구 날짜로 687일 만이다. 대견하다. 큐리오시티의 노력 덕분에 많은 지구인이 외계 생명체의 친구를 자처하며 코스모스를 탐험하는 책을 옆구리에 끼고 하늘을 올려다보고 있다. 어리바리 소설가인 나도 그중 하나다. (2014)

『퍼스트 콘택트』, 마크 코프먼, 민영철 옮김, 한길사, 2013
지구 너머 생명체를 탐사하는 '우주생물학'의 최신 흐름과 논쟁이 담긴 책. 우주생물학이 미생물학, 천문학, 지질학뿐만 아니라 철학, 언어학 등을 아우르는 융합 학문일 수밖에 없는 이유와 더불어 화성 탐사의 성과, 생명체가 있을 가능성이 큰 외계 행성 찾는 법 등이 상세히 소개되어 있다. 천문학자 칼 세이건의 SF 장편소설 『콘텍트』(사이언스북스, 2001)와 함께 읽으면 울림이 더 크다.

진상 규명엔
시간제한이 없다

당신은 공룡이 멸종한 이유를 몇 가지나 아는가. 고생물학자 벤턴은 『대멸종』에서 1842년부터 1990년까지 공룡 멸종에 관한 100가지 이론을 소개했다. 여기엔 고생물학 데이터에 무지하거나 생물학의 기본 원리를 무시한 채 자기 변론으로 일관하면서 문제 자체를 가벼운 놀이로 취급한 경우까지 포함됐다. 허수를 제외하면 검토할 이론은 서넛으로 압축되며, 폭넓은 화석 답사와 치밀한 연구를 통해 한 가지 강력한 멸종 모델이 만들어졌다. 6,500만 년 전 지름 10킬로미터의 거대 운석이 지구와 충돌했다는 것이다. 이 충격으로 대기로 뿜어나온 먼지가 지구를 에워싸고 햇빛을 1년 이상 차단한 결과 대량 멸종이 일어났다. 벤턴은 공룡도 그때 사라진 동물들 중 하나라고 주장한다.

당신이 가장 좋아하는 탐정은 누구인가. 국적에 상관없이 탐정

이야기는 비슷하게 전개된다. 먼저 범죄가 발생하고 탐정은 단서들을 취합해 범인과 범죄 수법을 추리해나간다. 수십 명이 수사선상에 오르지만 주범은 한 사람일 수밖에 없다.

탐정이 등장하는 추리소설 시리즈는 정의와 불의의 문제를 앎과 모름의 문제로 바꾼다. 범인을 밝혀내지 못하는 동안 그 사회는 불의로 가득찬다. 범죄가 일어난 도시의 시민은 불안과 공포로 잠을 이루지 못한다. 그러다가 탐정이 범인과 그 수법을 알아내는 순간, 독자와 등장인물이 범죄에 관해 모르는 부분이 사라지는 순간, 정의는 실현되고 소설은 끝난다.

그러나 과연 이렇게 끝이 나도 될까. 10년 전 나는 연암 박지원이 이끄는 백탑파의 활약을 추리소설 시리즈로 발표한 적이 있다. 이덕무, 유득공, 박제가 등 백탑파의 구성원은 추리소설의 등장인물로 적합했다. 그들은 사물을 뭉뚱그려 파악하는 것을 극도로 싫어했으며, 취향에 따라 대상을 고른 후 사전까지 펴냈다. 관찰을 통해 민감하게 차이를 확인하는 일은 탐정이 갖출 기본 덕목이다. 앞서 밝혔기도 하거니와 꽃에 미쳐 백화보라는 그림책을 만든 김덕형에서부터 백탑파 시리즈의 탐정 김진의 캐릭터를 뽑아낸 까닭이 여기에 있다.

백탑파 시리즈를 하나씩 탈고할 때마다 기쁘다기보단 우울했다. 김진의 활약으로 진범을 붙잡았지만 세상이 올바름으로 완전히 돌아오진 않았던 것이다. 흉악범을 중벌에 처하고 사건이 일단락된 후에도 가난한 백성은 더 굶주렸고 권력을 쥔 세도가들은 여전히 떵떵거리며 불법을 일삼았다. 나는 거대한 벽 앞에 선 기분이었다. 탐정이 알아낸 사실만으론 범인의 뒷배를 봐주는 몸통까지 접근하기 어려웠다. 탐정은 앎과 모름의 경계선상에서 보이지 않는 적과 싸우며 자신의 앎을 넓혀나갔지만, 그 정도 활약으론 국가의 혁신이 완성되거나 부정부패가 일소되진 않았다. 악전고투하던 내 앞에 갈림길이 나타났다. 범인만 잡으면 불의가 정의로 순식간에 바뀌는 오락물 시리즈로 갈 것인가 아니면 범인을 체포해도 또다른 난관이 있음을 강조하며 오락물로부터 멀어질 것인가. 나는 후자를 택하고 잠시 백탑파 시리즈를 떠났다.

문득 탐정들의 표정을 살폈다. 드라마로 재창조된 셜록은 불편한 심기를 감추지 않았다. 백탑파 탐정 김진의 얼굴에 드리운 그늘도 그와 비슷했다. 그들은 왜 사건을 해결하고도 웃지 않는가. 늘 아무도 믿지 못하겠단 자세로 심드렁하게 구는가. 이 자책과 찐득찐득한 슬픔은 어디서부터 오는가.

세월호 참사에 대해 우리가 아는 것은 무엇이고 모르는 것은 무엇인가. 팽목항을 가슴에 품은 기자들은 지금도 끈질기게 파고드는 중이다. 사고를 일으킨 책임만큼이나 구조에 실패한 책임을 엄중히 물어야 한다. 영화처럼 120분 안에 깔끔하게 끝나지 않더라도, 며칠 혹은 몇 달을 끌어도 탓하지 말자. 당장 처벌이 가능한 이들만 재판정에 세운다면 우리는 평생 셜록의 슬픔에서 벗어나지 못할 것이다. 쉽게 정리하지 말고 어렵고 복잡하더라도 차근차근 되짚어 나가자. 경우의 수를 모두 책상 위에 꺼내놓고 상상하자. 진상 규명엔 시간제한이 없다.

밤새 읽고 흠모하던 명탐정은 남들이 포기할 때 한 걸음 더 나아갔다. 탐정에겐 범인을 추리해 붙잡는 것 외에 다른 일상이 없고, 독자에겐 그 탐정을 격려하며 진실에 가까이 다가가는 것 외에 다른 일상이 없다. 우리의 일상을 시작할 때다. (2014)

『대멸종』, 마이클 J. 벤턴, 류운 옮김, 뿌리와이파리, 2007
사라지는 것은 모두 이유가 있다. 지구 탄생 후 다섯 번의 대멸종 중에서 가장 대규모 멸종인 페름기 말 대멸종의 원인을 파헤친 흥미진진한 책이다. 저자는 공룡을 포함한 백악기 말 대멸종의 원인을 거대한 운석 충돌로 규정한 뒤, 페름기 말 대멸종을 시베리아 화산 활동에서 비롯된 멸종 모델로 설명한다. 5백 페이지 가까운 책을 덮고 나면 끔찍한 질문 하나가 떠오른다. "여섯번째 대멸종이 시작된다면 그 원인은 인간이 아닐까?"

『목격자들』, 김탁환, 민음사, 2015
명탐정 김진과 이명방을 앞세운 백탑파 시리즈 네번째 작품이다. 1780년 조운선 침몰사건을 수사하며 2014년 세월호 침몰사건을 돌아본다. 불행은 어디서부터 시작되었고, 절망은 어떻게 희망의 빛을 품을까. 희생자들을 잊지 않기 위한 기억의 방식 또한 제시되어 있다.

눈물은 눈에 있는가
아니면 마음에 있는가

눈물은 눈에 있는가 아니면 마음에 있는가. 조선 후기 문장가 심노숭(1762~1837)이 아내를 잃고 지은 「누원淚原」의 첫머리에 던진 질문이다. 눈에 있다면 물이 웅덩이에 고인 듯 모인 것인지, 마음에 있다면 피가 맥을 타고 돌듯 하는 것인지 고쳐 따졌다.

눈물로 가득한 봄날이다. 세월호에서 피붙이를 잃은 이들의 통곡과 피눈물이 한반도를 적시고 있다. 단원고 학생들이 마지막으로 남긴 사진과 동영상을 소개하던 뉴스 앵커는 슬픔을 참아내느라 잠시 진행을 멈출 정도다. 주말마다 추모 집회와 촛불을 든 행진이 이어지고 있다. 아직 차디찬 바다에서 나오지 못한 실종자들이 가족의 품으로 돌아오기를 바라며 그 이름을 한 명씩 따라 외친다. 이름을 혀끝에 올리는 것만으로도 또 눈물이 흐른다.

이 참사에 책임이 있는 정치인들이 눈물을 쏟았다는 기사가 간

33

간이 보도되기 시작했다. 그 눈물이 과연 진심인지 아니면 악어의
눈물에 불과한지에 대한 공방도 SNS를 통해 뒤따랐다.

연기자 문성근은 서툰 배우일수록 눈물범벅인 얼굴을 카메라
에 들이대는 실수를 종종 범한다고 꼬집기도 했다. 실제 삶에서
슬픔이 밀려들면 당황하고 민망하여 참으려 애쓰다가 누가 보기
라도 할까 싶어 고개를 숙인다는 것이다. 기자들 앞에 선 대부분
의 정치인들은 시선을 내리지도 않았고 흐르는 눈물을 닦지도 않
았다. 정치인은 이미지가 중요하니 눈물 연기쯤은 효과를 고려하
여 얼마든지 흘릴 수 있다는 반론도 제기되었다. 진심 따윈 어차
피 아무도 모르는 것 아니냐는 비아냥거림까지 날아들었다.

심노숭은 눈물이 마음에서도 나오고 눈에서도 나온다고 했다.
구름을 눈, 땅을 마음에 비유한다면 눈물은 비와 같다는 것이다.
비는 구름과 땅을 통하는 기氣의 감응에 의해 내리되, 구름에도
속하지 않고 땅에도 속하지 않는다는 설명이다.

심노숭에게 정말 중요한 것은 눈물을 흘리느냐 마느냐가 아니
라 어떤 느꺼움이다. 상喪을 당해 참담한 지금 이 순간은 물론이
고 여러 해를 지나 흥겨운 악기들이 들어찬 자리에 머물 때, 업무
를 보느라 서류가 책상에 가득할 때, 술에 취해 비틀거릴 때, 잡기
를 여유롭게 즐길 때, 그러니까 눈물과 전혀 무관한 그때에도 마
음이 갑자기 북받친다는 것이다. 그 느꺼움의 순간, 심노숭은 죽
은 아내가 곁에 왔음을 느낀다고 적었다.

존 버거의 소설 『여기, 우리가 만나는 곳』(열화당, 2006)은 죽은
자들과의 재회로 가득하다. 첫사랑 여학생, 스승, 어머니에 이르

기까지 노년에 접어든 1인칭 화자는 망자들과 대화하며 인생의 의미를 새롭게 깨달아간다. 우리는 왜 망자들을 그리워할 뿐만 아니라 그 삶을 되새기고, 나아가 의미 있는 장소에서 소설적인 대화라도 나누려 노력할까. 존 버거는 한국어판 서문에서 이렇게 강조했다.

"죽은 이들이 하는 이야기에 귀를 기울이는 것은 이제 정치적인 행위가 되었습니다. 전에는 그저 전통적이고 자연스럽고 인간다운 행위였죠. 그러던 것이, 이윤을 내지 못하는 것이면 전부 '퇴물' 취급을 하는 세계 경제 질서에 저항하는 행위가 되었습니다. 세계 곳곳, 너무나 다른 여러 역사 속의 망자들로부터 도움을 받는다면, 우리가 함께 공유하는 것이 무엇인지를 깨달을 수 있습니다. 가냘픈 희망이지요."

그러므로 우리는 액液이든 즙汁이든 정치인들의 눈에서 흐르는 물에 주목할 필요가 없다. 책임을 통감한다는 그들에게 확인할 질문을 챙기기에도 빠듯하다. 언제 느꺼움이 찾아들었느냐고. 죽은 이들의 속삭임을 어디서 들었느냐고. 어떤 잘못을 지적하고 무엇을 산 자들에게 당부하였느냐고.

우리는 가느다란 희망을 품기 위해서라도, 당신들을 잊지 않겠다는 추모의 감정을 넘어서야 한다. 망자들에게 적극적으로 찾아가고 긴 대화를 나눠, 이미 공유한 것들을 확인하고 앞으로 공유할 것들을 준비해야 한다. 느꺼움은 이 정치적 교신이 오가는 만남의 장소로 찾아들 것이다. 그들의 이야기를 빼놓지 않고 모아 기록해두어야 한다. 가장 눈부신 순간부터 매우 어두웠던 찰나까지, 그들이 만든 인생의 표정들을 기억하고 흉내내고 품어야 한다. 눈물이 따른다면 엉엉 내지르며 울어도 좋고 반가움이 크다면 활짝 웃어도 좋다. 그제야 비로소 우리는 찬란한 슬픔의 봄을 합창할 수 있으리. (2014)

『눈물이란 무엇인가』, 심노숭, 김영진 옮김, 태학사, 2006
심노숭은 '나는 쓴다 고로 존재한다'는 자세로 일관한 집요한 기록자이다. 그가 다룬 글감은 자잘한 일상에서부터 역사의 뒷이야기까지 다양하다. 흥미진진한 이야기를 풀 때의 날렵함과 활달함도 대단하지만, 아내와 사별하고 쓴 시와 문들은 글자마다 피눈물이 뚝뚝 내린다. 봄날 밥상에 오른 쑥을 보고도 죽은 아내를 그리워하는 사내여! "그때 나를 위해 쑥 캐주던 이/그 얼굴 위로 흙이 도톰히 덮이고 거기서 쑥이 돋아났다네"(49쪽)

쓰기 힘들 때도 쓰고,
쓸 수 없을 때도
쓰는 사람!

패관소품문稗官小品文의 귀재 김려(1766~1822)는 젊어서부터 폐병을 앓았다. 이옥, 김조순과 함께 '불량 선비' 강이천도 절친한 벗이었다. 1797년 서해에서 진인이 나타났다는 유언비어를 퍼뜨린 죄로 강이천이 붙잡혔을 때, 김려도 끌려가 문초를 당했다. 겨우 목숨을 건져 유배를 떠난 곳이 함경도 부령이다. 된바람 맞으며 북녘을 향해 하염없이 걸어간 겨울이 김려에겐 고통 그 자체였다. 폐병이 도져 피를 토하면서도 붓을 들고 귀양길의 고단함을 문文과 시詩로 옮긴 작품이 「감담일기坎窞日記」다. 언 손을 입김으로 불며 써내려간 글만이 김려를 위로한 것이다.

술이라도 몇 잔 마시지 않고는 잠들지 못하는 봄밤이다. 4월 16일 첫날 탈출한 승객 외에 구조자의 숫자는 '0'에 머물렀고, 긴급 구출 대상자가 사망자로 옮겨가는 것을 매일매일 확인하며 잠들고 또 깨어났다. 취해 누운 밤에도 금방 잠이 오지 않았다. 속절없이 눈물이 흘렀다. 슬픔이 눈에서 어깨를 거쳐 손끝까지 밀려내려왔다. 김려라면 무엇인가를 또 썼겠지만, 나는 겨우 책 몇 권을 집어 읽었다. 힘들 때마다 되풀이해서 읽는 내 인생의 책들 가운데『어린 왕자』의 문장들이 새롭게 다가왔다.

술꾼의 별이 먼저 눈에 띄었다. 어린 왕자가 술꾼에게 술을 마시는 이유를 묻는다. 술꾼은 잊기 위해서라고 답한다. 어린 왕자는 무엇을 잊기 위해서냐고 다시 묻는다. 술꾼은 '부끄러움'을 잊기 위해서라고 답한다. 뭐가 그렇게 부끄럽냐고 또다시 묻자 술꾼이 답한다. "술을 마시고 있다는 게 부끄러워!" 난 정말 부끄러웠다. 눈앞의 술병부터 치웠다.

어린 왕자의 별로 갔다. 그 별은 아주 작아서 의자를 몇 발짝 뒤로 물리는 것만으로도 어둠을 유예할 수 있었다. 어린 왕자는 마음이 아주 슬플 때 지는 해를 본다며, 마흔세 번이나 해가 지는 걸 본 저녁도 있다고 밝혔다. 나는 적어도 삼백하고도 네 번은 의자를 뒤로 옮기며 떠난 이들의 이름을 불러야겠다는 생각이 들었다. 아니다. 그 바다에서 최후를 맞은 이들의 삶을 어찌 단 하루의 저녁으로 넘길 수 있으리! 삼백 번이 아니라 삼천 번 혹은 삼만 번을 미루더라도, 그들이 망각의 어둠으로 사라지는 것을 막아야 한다. 여우가 어린 왕자에게 일러주지 않았는가. "네 장미를 그토록 소중하게 만든 건 그 꽃에게 네가 바친 시간들이야."

여우의 충고는 어린 왕자와의 만남을 소설로 쓴 생텍쥐페리의 마음으로 이어진다. 그는『어린 왕자』가 '옛날 옛적 어린 왕자가 살았지요'로 시작하는 그렇고 그런 동화로 읽히길 원치 않았다. 생텍쥐페리는 강조했다. "내가 여기서 그의 얘기를 쓰는 것은 그를 잊지 않기 위해서이다. 친구를 잊는다는 건 슬픈 일이다. 언제나 그리고 누구에게나 친구가 있는 것은 아니다. 또 나도 숫자밖에 모르는 어른이 되어버릴지 모르는 일이다."

김려가 붓을 놓지 않은 것은 글솜씨를 자랑하기 위함이 아니다. 갑자기 닥친 불행을 모조리 기억하고 이겨내기 위해 한 걸음 한 걸음 험한 길을 걷듯 한 글자 한 글자 피와 땀의 순간을 아로새긴 것이다. 자신의 문장으로 차디찬 인생의 겨울을 뚫고 나가는 것 외에 그가 할 일은 없었다. 쓰기 힘들 때도 쓰고 쓸 수 없을 때도 쓰는 사람! 생텍쥐페리와 김려의 작품들이 내 어깨를 두드려주고 내 손에 붓을 쥐여주는 듯했다.

장편소설 『불멸』(민음사, 2011)에는 이 소설의 지은이 밀란 쿤데라가 작중인물로 직접 등장한다. 등장인물 쿤데라는 이번 소설 제목으로 '불멸'보다 '참을 수 없는 존재의 가벼움'이 어울린다고 강조한다. 하지만 그 제목을 벌써 다른 작품에 써먹었으니 다시 취할 수 없다며 안타까워한다. 세월호 참사처럼 망극한 일이 일어나리라곤 상상도 못하고, 나는 이미 『서러워라, 잊혀진다는 것은』(동방미디어, 2002)이란 장편소설을 오래전에 출간했다. 자정을 훌쩍 넘긴 밤, 제목부터 궁리하며 책상으로 다가가서 사막에 불시착한 야간비행사처럼 앉은 내게 어린 왕자가 마지막으로 속삭였다. "밤마다 별들을 바라봐. 내 별은 너무 작아서 어디 있는지 아저씨에게 가리켜줄 순 없어. 오히려 더 잘됐지, 뭐. 내 별은 아저씨에겐 여러 별들 가운데 하나가 되는 거지. 그럼 아저씬 어느 별이든지 바라보며 즐거워할 테니까. 그 별들이 모두 아저씨 친구가 될 거야."(2014)

『어린 왕자』, 생텍쥐페리, 김화영 옮김, 문학동네, 2007
처음엔 어린 왕자와 눈을 맞추다가, 점점 이야기를 만든 소설가의 걱정에 가닿았다. 동물원의 노래〈우리가 세상에 길들기 시작한 후부터〉를 이어 듣는다. 밥벌이와 상식이란 이름으로 당연하게 여긴 변화들을 어린 왕자는 하나하나 끄집어내어 묻고 되돌린다. 나이를 먹는다고 어른이 되는 것은 아니다. 낙오될까 두려워 제 발밑만 살피고 고개 들어 뭇별들을 보지 못할 때 두려움이 아름다움을 누르고, 어린 왕자가 곁에 머물렀다는 사실마저도 잊힐 때 어른이 되는 것이다. 아직, 지금은, 아니라고 말하고 싶다.

이 세계 어디선가 누군가에게 행해진
모든 불의를 깨달을 수 있는 능력을
키웠으면 좋겠구나

어떤 경험은 쉬이 잊히지만 어떤 체험은 한 인간의 일생을 덮기도 한다. 이탈리아의 유태계 작가 프리모 레비에게 그것은 아우슈비츠 수용소다. 다양한 형식으로 여러 작품을 남긴 그이지만, 등장인물의 발목을 잡는 것은 수용소에서 보낸 나날이다. 이 나날이 만든 질문 역시 어김없이 되풀이된다. "이것이 인간인가?"

김종철은 「탈핵의 윤리와 상상력」에서 1945년 8월 6일 히로시마에 원자폭탄을 투하하러 떠난 비행 편대의 조종사 클로드 이덜리 소령의 후반생을 소개한다. 이덜리는 원폭 투하일부터 평생 악몽에 시달렸고, 제대 후엔 감옥에 가기 위해 강도질을 일삼았다. 10만 명의 무고한 민간인을 학살한 양심의 가책 때문이다. 우리가 주목할 부분은 미국 정부와 군 동료들이 이덜리를 대하는 태도다. 너만 양심이 있느냐는 비아냥거림이 날아들고, 법에 따라 정당하게 수행한 공무이므로 양심에 거리낄 것이 없다는 입장이 모범 답안처럼 제시되었다. 이덜리를 정신병자로 몰아 병원에 강제로 가두기까지 했다. 미국 정부는 히로시마와 나가사키에서 죽은 일본 민간인들의 실상을 자국의 국민에게 알리지 않고 차단해왔던 것이다. 이덜리는 원자폭탄으로 한꺼번에 저 많은 인명을, 단지 적국의 국민이라는 이유로 살상한 짓을 애국愛國으로 받아들일 수 없었다. 스스로에게 물었다. "이것이 인간인가?"

여말선초의 혁명가 정도전도 스무 살 젊은 나이에 평생 잊지 못할 체험을 한다. 1361년 10만 명이 넘는 홍건적이 고려를 침공한 것이다. 고려의 정규군은 붉은 두건을 머리에 두른 도적떼를 막지 못했다. 왕은 수도인 개경을 버리고 지금의 안동까지 피난을 떠났다. 도성을 차지한 도적떼는 약탈과 방화를 일삼았다. 정도전은 똑똑히 보았다. 왕과 대신들은 홍건적을 피해 안전한 곳으로 가장 먼저 달아났으며, 맞아 죽고 굶어 죽고 아파 죽은 이는 이 땅의 백성이었다. 도적떼로부터 백성을 지키지 못하는 나라가 어찌 나라이겠는가. 쑥대밭이 된 전쟁터에서 정도전은 묻고 또 물었다. "이것이 인간인가?"

정혜윤의 신작 『그의 슬픔과 기쁨』은 쌍용자동차 해고 노동자 26명과의 대화를 모은 르포 에세이다. 나이도 성격도 살아온 환경도 제각각인 노동자들이 2009년부터 현재까지 함께 모여 해고 철회와 전원 복직을 위해 투쟁하고 있다. 안타깝게도 이 기간 동안 해고자와 그 가족 25명이 목숨을 잃었다. 정혜윤은 대화를 나눈 사람들의 이름을 소제목으로 나열하지 않고, 그들이 같이 겪은 일들을 1년 단위로 묶었다. 홀로 떨어져 외로움과 슬픔에 젖지 않도록 책에서나마 노동자들을 엮어 어깨동무를 하도록 만든 것이다. 각각의 인터뷰를 놓고 시간과 공간을 확인하여 재배치하는 작업은 장편소설 두세 권을 쓰는 것만큼 힘들다. 정혜윤은 26명의 노동자들이 서로 만나는 장면을 끊임없이 찾고 확인하여 그들의 뒤섞임을 우연이 아니라 필연으로 탈바꿈시켰다. 책을 읽다보면 이 아름다운 동행이 군데군데 갑자기 끊긴다. 노동자들의 이야기 속에 종횡무진 등장하던, 꼭 한 번 만나 술잔을 기울이고 싶던 노동자가 죽었다는 소식이 날아드는 것이다. 시간이 멎은 듯 침묵의 행간으로 질문이 튀어나온다. "이것이 인간인가?"

"이것이 인간인가?"라는 물음은 두 가지 다른 빛깔을 띤다. 인간의 탈을 쓰고 어떻게 저따위 짓을 하느냐는 분노의 표출이 첫번째다. 가해자들이 아무런 죄의식도 없이, 국가를 위해 회사를 위해 혹은 사사로운 개인의 욕심을 채우려고 피해자들을 죽음의 구렁텅이로 내몰았다는 사실을 알았을 때 분노는 폭발한다. 또다른 빛깔은 날카롭고 뜨겁진 않으나 더 오래 사라지지 않는다. 질문을 던진 이에게 끈질기게 되돌아온다. 당장 내게 피해를 주지 않는다는 핑계로 이 썩어빠진 세상을 외면하진 않았던가. 끔찍한 불행이 남의 일이 아닌 내 일일 수도 있었음을 실감하였으니, 나는 이제부터 무엇을 할 것인가. 어떤 인간이 되어야만 할까.

SNS에 올라온 갖가지 글과 사진과 동영상들은 이 물음의 변주다. 답을 찾기까지 어쩌면 평생이 걸릴지도 모른다. 캘리그라퍼 강병인씨가 페이스북에 옮겨둔 문장에서 이 먼 여행에 어울리는 첫 이정표를 발견했다. 체 게바라가 어린 자녀에게 남긴 편지의 일부다. "이 세계 어디선가 누군가에게 행해진 모든 불의를 깨달을 수 있는 능력을 키웠으면 좋겠구나." (2014)

『그의 슬픔과 기쁨』, 정혜윤, 후마니타스, 2014

책을 만든 목적과 그 구성이 일치하는 희귀한 인터뷰집. 쌍용자동차 해고 노동자 26명과의 인터뷰를 시공간별로 풀어 묶은 책이다. 인터뷰에 응한 노동자들도 복직 투쟁의 나날에서 서로 같은 시공간에 머물렀단 사실조차 모르는 경우도 있었다. 26명의 등장인물이 팔도에서 나고 자라 쌍용자동차로 모여들고, 거기서 다시 해고의 아픔을 겪고, 복직을 위해 싸우며 새로운 인간으로 거듭나는 이야기. 역사나 소설로 읽어도 손색이 없다.

시간, 공간, 인간의 그 '사이 간(間)'을
주목하라

사람과 사람 사이엔 틈이 있다. '나'는 '너'를 알기 어렵고 '그'에 이르면 자욱한 안개와 같다. 『정호기(征虎記)』란 사냥 이야기를 읽었다. 일제강점기 한국 호랑이 사냥의 실상이 적나라하게 담긴 책이다. 1917년 11월 일본인 사업가 야마모토 다다사부로는 정호군을 결성하여 호랑이 사냥에 나섰다. 여덟 개 반으로 나눈 정호군엔 조선인이 21명이고 일본인이 3명이다. 지리에 밝고 사냥 경험이 풍부한 조선인 명포수들을 앞세운 것이다. 다다사부로는 이때 잡은 호랑이 두 마리를 일본 도쿄 제국호텔로 옮겨 시식회까지 열었다. 위험한 호랑이 사냥엔 직접 참여하지 않았으면서도, 지랑스럽게 그 여정을 기록하고 또 조선인 포수들을 들러리로 세워 총을 들고 많은 사진을 찍었다. 다다사부로에게 호랑이 사냥은 허풍 가득한 무용담의 소재에 불과했던 것이다. 호랑이, 표범, 늑대

등 인간에게 피해를 주는 맹수를 없애겠다고 천명한 조선총독부의 해수구제害獸驅除 정책으로 인해 한국 호랑이와 한국 표범의 수는 격감했다. 해방 후 남한에선 거의 자취를 감췄다.

우리는 맹수와 함께 살아가는 법을 점점 잊고 있다. 어린이들도 호랑이와 표범을 동물원에 가야 볼 수 있는 동물로 여기고, 골골마다 대형 육식동물이 살았음을 알지 못한다. 역사를 검토해보면 호랑이 없이 지내는 해방 이후가 특이한 경우다. 나머지 오랜 세월을 우리는 호랑이가 산중호걸로 군림하는 것을 당연하게 여기며 살아왔다. 물론 두려웠겠지만 두려움도 삶의 일부였다. 지금 우리 마을 앞산이나 뒷산으로 호랑이나 표범이 돌아온다면 어떨까 상상해본다. 그 산에 들어가지 않는 것은 물론이고 그로부터 멀어지고자 한바탕 소동이 일어날지도 모른다.

역사 속 인물에 관한 소설을 쓰려고 할 때 처음 떠오르는 단어는 틈이다. 가령 고려 말 승려 신돈에 관한 소설을 짓는다면 공화국의 국민인 나와 왕조의 백성인 그, 21세기의 나와 14세기의 그, 서울에 사는 나와 개성에서 사는 그의 틈은 깊이도 넓이도 제각각이다. 시간時間, 공간空間, 인간人間이란 단어에 모두 '사이 간間'이 들어가는 것에 주목할 필요가 있다. 틈은 어쩌면 인간이 이 세상에서 살아가는 동안 내내 겪게 되는 모든 문제의 근원일지도 모른다. 작가는 이 틈을 최대한 메우기 위해 읽고 걷고 따져 듣는다. 그러나 결코 나는 신돈이 아니며 신돈 또한 내가 될 수 없다. 영원히 좁혀지지 않는 틈 앞에서 스스로 묻곤 한다. 이와 같은 시도는 부질없는 글 장난이 아닐까.

경쟁이 치열한 사회일수록 틈은 허점이며 약함이며 패배나 죽음의 징후로 간주된다. 어렸을 때 거듭 읽은 동화 중에 네덜란드 소년이 제방의 틈을 발견하고 그 구멍에 팔을 넣어 막는 이야기가 있었다. 최근에 확인해보니 그것은 미국의 동화작가 메리 맵스 닷지의 『한스 브링커 또는 은빛 스케이트』에 실려 있는 일화였다. 네덜란드 소년이 마을을 구한 이야기는 그때나 지금이나 틈의 부정적인 측면을 부각시킨다. 제방에 균열이 생겨 구멍이 나면 그곳으로 물이 흘러넘쳐 마을을 덮칠 것이기 때문이다. 소년의 용기는 높이 살 만하지만, 어린 독자들에게 틈은 나쁘고 위험하단 생각을 심어줄 수밖에 없다.

틈이 희망으로 다가오는 경우도 있다. 『감옥으로부터의 사색』(돌베개, 1998)에서, 신영복은 감옥 창문 틈에 자라난 풀을 발견하고 짧은 시 한 편을 지었다. "우리 방 창문 턱에/개미가 물어다 놓았는지/풀씨 한 알/싹이 나더니/어느새/한 뼘도 넘는/키를 흔들며/우리들을/가르치고 있습니다." 틈이 없다면 풀씨도 뿌리를 내려 싹을 틔우지 못했으리라. 이때 틈은 꽉 막힌 어둡고 단단한 절망의 시간을 버티고 끝내 넘어서도록 만드는 숨쉴 공간이다. 가르침은 먼 곳에 있지 않다.

너와 나 사이에 틈을 완전히 없앨 순 없지만, 그 틈에 풀씨 하나 키울 순 있지 않을까. 삶을 다룬 다양한 이야기는 풀씨가 피워 올린 색색 가지 꽃잎일 것이다. 상식 혹은 편의 혹은 이익을 앞세워 있는 틈을 무시하고 지금 여기의 나에게로 모든 생각과 행동을 환원시키는 것은 오만이다. 더운 손가락을 틈에 끼우고, 고통을 이겨냈던 많은 이들의 간절한 순간을 더듬고, 느끼고 상상하며 침묵의 밤을 보내고, 아침을 맞이하자. 정성과 위로가 필요한 시간이다. (2014)

『정호기』, 야마모토 다다사부로, 이은옥 옮김, 에이도스, 2014
한국 호랑이와 관련된 거의 유일한 근대 사료이며, '신의 괴물'이 호랑이가 아니라 인간임을 낱낱이 보여주는 사냥기이다. 1917년 저자는 일본에는 없는 호랑이를 사냥하기 위해 식민지 조선으로 건너온다. 돈을 들여 정호군을 조직하고, 조선인 명포수들을 시켜 호랑이를 사냥하는 과정을 자세히 기록했다. 이때 잡혀 박제된 호랑이에서 DNA를 추출하여 한국 호랑이의 계통과 유전 연구를 수행하게 되었으니, 역사의 아이러니가 아닐 수 없다. 정호군의 모습이 담긴 사진들을 넘기며 호랑이 사냥꾼들의 복장과 무기를 살피는 재미도 특별하다.

『밀림무정』, 김탁환, 다산책방, 2010
개마고원을 배경으로 백두산 호랑이와 포수의 대결을 그린 장편소설. 러시아 라조 자연보호구를 답사하여 야생호랑이의 생태를 익혔다. 일제시대 동물원으로 쓰인 '창경원'에 대한 묘사도 자세하다.

모든 삶을 전기에 기댈
필요는 없다

전기 없는 삶은 가능할까. 〈나는 자연인이다〉라는 프로그램엔 도시 문명을 떠나 산속으로 거처를 옮긴 소위 '자연인'들이 등장한다. 산으로 들어온 사연은 질병에 사업 실패 등 다양하지만, 현재 삶은 비슷한 구석이 많다. 그들은 대부분 전기 없이 산다. 전구 대신 초를 밝히고 냉장고 대신 항아리에 음식을 담아 샘이나 개천에 두고 보관한다. 전열기 대신 장작을 패 군불을 때고 텔레비전이나 라디오를 즐기는 대신 책을 읽는다. 전봇대가 집 바로 옆에 서 있어도 전기를 끌어들이지 않는다.

불편하지 않느냐는 물음엔 그저 웃는다. 전기가 없으니 스스로 힘을 내는 수밖에 없다. 땀 흘려 텃밭을 일구고, 벌을 치고, 눈 덮인 산비탈을 파헤쳐 약초를 캔다. 바쁘게 몸을 놀리다보니 병도 낫고 마음도 평안을 찾았다는 것이다. 누구에게나 산속 생활이 행복하진 않다. 몸 놀리기를 싫어하는 도시인에게 전기 없는 삶은 곧 지옥과도 같으리라.

후쿠시마 3주기를 맞이하여 핵에 관한 책들이 출간되고 있다. 핵발전소 사고에 대한 분석부터 탈핵을 향한 구체적인 대안까지 다양하다. 그중에서 특히 김익중 교수의 『한국탈핵』은 대중 강연에 바탕을 두었기에 이해하기 쉽고 사례도 풍부하다.

이 책에 의하면, '영원한 숙제'라고 강조되는 핵폐기물이 역시 가장 큰 문제다. 고준위 핵폐기물의 저장 기간은 최소한 10만 년이다. 10만 년이란 기간이 우선 놀랍다. 유구한 역사를 자랑하는 우리 민족의 역사도 반만년 그러니까 5,000년을 넘지 않고, 고려나 조선 같은 왕조도 500년을 지속했을 뿐이다. 나라가 바뀌고 지형지물이 달라져도 위험한 핵폐기물이 안전하게 보관되리란 기대는 어디에 근거하는 걸까. 후쿠시마에서 보듯 지진을 비롯한 자연재해의 위력은 우리의 상상을 넘어선다.

10만 년이란 기간은 각종 걱정을 낳는다. 가령 1만 년 후 인간의 언어가 어떻게 바뀔지 예측하기 어렵기 때문에 고준위 핵폐기장의 위험을 경고할 그림을 정하는 것부터 문제다. 또한 그 그림은 10만 년 동안 지워지지 않아야 한다. 그런데 10만 년 후에 인류가 생존하긴 할까.

탈핵에 관한 신간만 읽다보니 친핵의 논리도 궁금해졌다. 〈판도라의 약속Pandora's Promise〉이란 다큐멘터리는 반핵 활동가 중 친핵으로 돌아선 이들의 주장을 다룬다. 후쿠시마 사고 소식을 듣고 직접 현지를 방문하는 것부터 이야기는 시작된다. 체르노빌 사고로 죽거나 다친 사람들의 숫자가 과장되었다는 주장을 펴던 그들에게도 후쿠시마 참사는 충격이었던 것이다.

후쿠시마에 다녀온 후에도 친핵론자들은 입장을 바꾸지 않는다. 인류는 전기에너지를 더욱 많이 필요로 하며, 그 에너지를 손쉽게 얻는 방법으론 핵발전이 최선이란 것이다. 또한 화력발전이 지구온난화를 가중시키는 데 반하여 핵발전은 기후 이상에 큰 영향을 주지 않는다는 논리다. 10만 년을 안전하게 보관하는 문제는 여전히 남지만, 계속 증가하는 에너지 사용량에 발맞추기 위해선 핵발전소를 늘렸으면 늘렸지 줄여선 안 된다는 결론이다.

지난 1월 14일 우리 정부는 '제2차 국가에너지 기본 계획'을 통해 핵발전소 증설을 결정했다. 이 계획대로라면 현재 가동중인 23기의 원전이 2035년에는 최대 41기까지 늘어날 것이다. 핵발전소 폐쇄를 통한 탈핵의 점진적 추구가 아니라 핵발전소 증설을 통한 전기에너지의 안정적 확보가 기본 정책 방향이다.

여름마다 전기 사용량이 급증하는 것은 사실이다. 지금은 전기 없인 못 살겠다고 아우성을 치지만, 인류가 전기에 주목한 기간은 겨우 200년 남짓이다. 전열기를 트는 대신 방한에 용이한 두꺼운 벽으로 집을 짓고, 24시간 번쩍이는 간판들을 인적이 드문 시간에 소등하게 한다면? 태양을 비롯한 재생 가능 에너지를 통해 생활을 윤택하게 하는 정책을 강력하게 추진해나간다면?

인류가 모두 전기 없는 삶으로 회귀할 순 없지만, 모든 삶을 전기에 기댈 필요도 없다. 일찍이 스콧 니어링은 전기 없는 19세기 말의 밤 마을 사람들이 함께 모여 별과 바람의 이야기를 나누던 순간을 그리워하지 않았던가. 흩어져 텔레비전 앞에 앉은 현대인보다 그들의 밤이 더 우주의 섭리를 궁리하고 신화와 전설의 아름다움을 어루만지는 데 가까웠다. 나는 얼마나 전기에 의지하고 사는지, 전기 없는 숲에서 반나절이라도 보냈던 적이 언제인지 짚어보는 식목일 아침이다. (2014)

『한국탈핵』, 김익중, 한티재, 2013
쉽고 정확하다. 대한민국 모든 시민들을 위한 탈핵 교과서. 풍부한 데이터와 현장 조사를 바탕으로 탈핵의 타당성을 입증한다. 20세기 후반부터 21세기를 살다 간 우리들은 역사에 어떻게 기록될까. 핵폐기물이란 위험천만한 쓰레기를 양산한 문제아로 기억되진 않을까. 후쿠시마 핵발전소 사고 이후 경각심은 높아졌으나, '탈핵 한국'에 대한 논의는 아직 미흡하다. 이 책에서부터 시작해야 한다.

궁금한 이야기는 아직
시작되지도 않았다

이야기꾼에게 필요한 재능이 무엇이냐는 질문을 종종 받는다. 감수성의 차이란 종이 한 장에 불과하니, 노력하면 쑥쑥 느는 예술이 바로 이야기라고 답해왔다. 그래도 꼭 하나를 꼽아달라는 부탁을 다시 받을 땐 '감정이입感情移入' 네 글자를 떠올린다.

타인의 감정을 내 것처럼 움직이기란 쉽지 않다. 나는 등장인물인 그와 이름도 나이도 취향도 때론 성별까지 다르다. 이 차이를 뛰어넘어 그처럼 말하고 생각하고 느끼기 위해선 미리 시간과 정성을 쏟아야 한다.

로마 오현제五賢帝 중 세번째 황제 하드리아누스의 목소리로 소설을 완성시킨 마르그리트 유르스나르는 「창작 노트」에 이렇게 적었다. "한 사람의 사상을 재현하는 가장 좋은 방법의 하나: 그 사람의 서재를 재구성하는 것." 어찌 서재뿐이랴. 그의 침실, 그의 집무실, 그의 식당, 그의 정원, 그의 여자, 그의 친구, 그의 호적수를 살피는 것이 곧 작가가 하드리아누스로 탈바꿈하는 과정이다. "이 작품을 쓰는 데 있어서의 규칙: 관계되는 일체의 것을 연구하고 읽고 조사할 것." 사소한 버릇에서부터 광대한 사상까지 파악하고 정리해서 내 것으로 만들 것. 유르스나르의 규칙은 타인의 삶을 문장으로 살아내려는 작가들이 지키려고 안간힘을 쓰는 규칙이기도 하다.

때때로 우리는 사람이 아닌 생물에 감정을 싣기도 한다. 애완견이나 경주마처럼 인간과 함께 지내는 동물도 있고, 호랑이나 장산곶매처럼 인간에게 곁을 허락하지 않는 동물도 가능하다. 대나무나 느티나무가 되어 바람과 비와 새들을 노래한 이야기 모음도 있다.

『서민의 기생충열전』은 생물에 대한 감정이입의 새로운 경지를 보여준다. 『사기열전』(민음사, 2015)이 저마다의 표정으로 자리를 잡은 별별 인간들의 모음이듯이, 이 책엔 요충이나 간디스토마처럼 우리 귀에 익숙한 기생충부터 감비아파동편모충이나 참굴큰입흡충처럼 발음하기도 힘든 별별 기생충들의 모음이다. 영화 제목을 차용하여 기생충을 가르는 부제도 의미심장하다. '착하거나 나쁘거나 이상하거나'.

회충의 일생을 서술한 대목이 눈길을 끌었다. 알을 깨고 나온 유충의 외로움부터 시작한다. "어린 회충에게 도움말을 해줄 엄마 회충은 다른 사람의 뱃속에 있다. 매사를 혼자 힘으로 해결해야 하는 이 상황에서 어린 회충은 의연하게 십이지장에 연결된

혈관에 몸을 싣는다. 수많은 적혈구를 만나고, 자신을 적대시하는 백혈구들을 피해가면서 회충은 드디어 간에 도달한다." 또한 회충약 보급으로 인해 암수딴몸인 회충의 독수공방이 증가하는 것을 안타깝게 여긴다. "어두컴컴한 사람의 몸 안에서 자기 친구는 언제쯤 올까 궁금해하며 고독을 삼키는 회충"을 주충공主蟲公으로 삼은 이야기 한 편이 나올 날도 머지않았다.

한 걸음 더 나아가면 무생물에게도 감정이입이 가능하다. 나도 딱 한 번 무생물의 입장에서 소설을 지은 적이 있다. 내가 닮으려고 노력한 대상은 섬, 그것도 독도다. 울릉도와 독도에 얽혀 역사책에 오르내리는 이사부나 안용복보다 섬 자체의 쓸쓸함에 끌려 『독도평전』(휴머니스트, 2001)을 썼다. 이 소설은 독도가 탄생하는 순간부터 현재까지를 훑는다. 해양 생물과 인간들이 등장했다가 사라져도 독도는 홀로 우뚝하다. 백 년 인생이 아니라 250만 년이 넘는 도생島生의 웅장함을 담는 것이 이 작업의 목표였다.

황제는 물론이고 기생충이나 섬까지 감정이입이 가능하다면, 행성 사이 우주 공간을 떠도는 유성체流星體에게 마음을 줘도 헛되지 않다. 마침 운석이 우리나라 곳곳에 떨어져 주목받고 있다. 운석이 맞는지 확인하는 과정부터 무게와 금액을 도표로 만들어 가치를 따지는 소식까지 꼼꼼하다. 하지만 내가 궁금한 이야기는 시자되지도 않았다. 운석에게 지구란 행성은 무엇인가. 또 운석은 자신을 발견하고 좋아하는 저 인간이란 생명체를 어찌 받아들일까. 운석의 가치를 이곳까지 이른 우주여행으로 파악하는 모험담을 『우리 혜성 이야기』(사이언스북스, 2013)를 쓴 안상현 선생님이나 『문 더스트』(사이언스북스, 2008)를 번역한 이명현 선생님이 빅 히스토리Big History로 들려주면 어떨까. 햇살 한 줌 따뜻한 공감이 절실한 이 봄날에! (2014)

『서민의 기생충열전』, 서민, 을유문화사, 2013

착하거나 나쁘거나 이상한 기생충들이 평등하게 담긴 책. 연구자들이 직접 기생충을 몸에 넣고 관찰 일지를 써나가는 대목은 감동적이다. 『사기열전』의 다양한 인물 군상처럼, 이 책에 등장하는 기생충들도 먹고사는 방식이 제각각이다. 톡소포자충이 뇌로 들어간 쥐는 왜 고양이를 두려워하지 않을까. 연가시는 무엇 때문에 곤충들을 물가로 유인하여 자살하게 만들까. 이 책에 답이 있다.

비상은 파괴요,
설렘이다

추락하는 것은 날개가 있다지만, 날개가 없는데도 날아오르려 애쓰는 족속이 바로 인간이다. 이상의 소설 「날개」의 마지막에서 미스꼬시백화점 옥상까지 올라간 주인공이 외친다. "날개야 다시 돋아라. 날자. 날자. 날자. 한 번만 더 날아보자꾸나."

자신이 직접 날지 않더라도 날아가는 존재를 통해 깨달음에 이르는 순간이 있다. 예술가들은 왜 하필 이 일을 하게 되었느냐는 질문을 종종 받는다. 결정적인 계기나 충격적인 전환점을 기대하는 눈빛이 부담스럽다. 영화로 만들어도 좋을 만큼 멋진 이야기를 지닌 예술가도 있겠지만, 대부분은 어느 날 갑자기 지극히 사소한 순간 자신이 예술가임을 자각한다.

무라카미 하루키가 소설가가 되기로 결심한 곳은 야구장이다. 1978년 4월 1일 오후 1시 반에 진구구장 외야석에서 타자의 배트가 강속구를 맞히는 소리를 듣는 순간 소설을 쓰기로 마음을 먹었다는 것이다. 왜 그 소리였을까. 그렇게 맞은 공은 어디까지 날아갔을까.

나 역시 비슷한 경험을 한 적이 있다. 1995년 9월, 나는 해군 사관학교에서 작문과 해양 문학을 가르치는 해군 소위였다. 오전 7시 30분 해안도로를 달리는 출근 버스에 몸을 실었다가 수면 위로 날아오르는 무수한 고기떼를 보았다. 날치였다. 그 순간 결심했다. 소설가가 되어야겠어!

그 봄, 야구장에서 날아가는 공을 본 이가 하루키만은 아니었을 것이다. 그 가을, 버스에서 탄성을 지른 해군은 나 외에도 30명은 족히 넘었을 것이다. 공이 저렇듯 장쾌하게 뻗어가니 2루타는 되겠구나! 라거나, 아침에 날치떼를 봤으니 복권을 사둬야지! 라고 생각한 사람은 있을 법하다. 그러나 그 상황에서 소설가가 되겠다고 결심하는 이는 극히 적을 것이다.

이 일화들은 문학적 비유가 아니다. 심오한 의미가 단어 뒤에 숨어 있지 않단 뜻이다. 어떤 광경을 보곤 지금까지의 일상에서 벗어나 다른 삶을 살기로 결심한 것, 그게 전부다. 야구공은 야구공이고 날치는 날치다.

이 이야기를 고백할 때마다 황당한 표정을 짓는 독자 앞에서 왜 하필 그때였을까 스스로에게 되묻곤 한다. 그날 이후 일정 수준 이상의 작품을 쓰기 위해 노력했고, 그 소설을 품평해준 고마운 이들과 만나는 행운도 누렸다. 그러나 수면을 박차고 날아오르는 날치떼를 보지 않았다면 소설가가 되기로 작정하긴 힘들었을 것이다.

날아가던 중이란 상황이 주목된다. 야구공이든 날치든, 그 존재는 지상 혹은 수면을 벗어나 허공에 떠 움직이고 있었다. 날짐승처럼 비행하는 찰나를 목도한 것이다. 물론 야구공과 날치떼가 영원히 날아올라 하늘로 사라지진 않는다. 오래 기다릴 필요도 없이 야구공은 떨어지고 날치는 바닷속으로 들어가고 만다. 야구 경기를 구경하거나 날치를 본 이들이 직장으로 돌아가서 일상 업무를 하는 것과 같은 이치다. 아무 일도 일어나지 않은 것처럼.

움직임은 그 상황을 경험한 이의 마음에서 비롯된다. 추락은 불안이요 공포다. 떨어질 것을 알기에 선뜻 두 발을 지상에서 떼지 못한다. 그렇지만 또한 비상은 파괴요 설렘이다. 일상에 갇히지 않고, 단 한 번 짧은 순간만이라도 저 야구공처럼 저 날치처럼 중력을 거스르고 싶은 뜨거운 갈망이다.

미스꼬시백화점에 올라간 우리의 주인공은 어찌 되었을까. 날자고 외치기만 하고 무사히 지상으로 내려왔을까. 아니면 날개도 없는 주제에 두 팔을 활짝 펴고 그 백화점 옥상에서 뛰어내려 죽었을까. 결국 같은 이야기다. 주인공이 '날자!'라고 외치기 전에 '날개야 다시 돋아라'라고 말한 문장을 곱씹곤 한다. 왜 '다시'일까. 승승장구하던 시절에 대한 그리움이기도 하겠지만, 혹시 미스꼬시백화점 옥상이든 북한산 꼭대기든 도약하고픈 곳에 예전에도 올랐던 것은 아닐까. 그곳에서 날기를 소원했던 것은 아닐까.

일생의 결전을 앞둔 이가 전날 밤 하늘을 우러르는 대목을 만나곤 한다. 궤적을 그리며 떨어지는 별똥별에 행운과 덧없음이 양

넘처럼 얽힌다. 인간의 삶은 별과 땅 사이에 있다. 내일 쓰러져 땅속에 묻히더라도 오늘 별을 우러르는 족속을 어찌 사랑하지 않을 수 있으리. (2014)

『날개』, 이상, 문학과지성사, 2005
고교 시절, 이 단편을 읽고 나면 같은 꿈을 반복해서 꿨다. 쾌청한 백화점 옥상에서 시작하여 음습한 윗방에서 끝나는 꿈. 결국 주인공은 날지 못하고 아내가 기다리는 정든 유곽으로 돌아온 것이다. 현실에선 날지 못하지만 내 문장에서만은 훨훨 날아보리라 기대했을까. 옥상으로 올라가는 자들이 부쩍 는 최근, 나는 다시 이 단편을 떠올리곤 한다. 올라갔던 걸음을 되짚어 내려오길 바라면서, 하늘 감옥에 갇힌 이의 꿈이 이뤄지길 빌면서.

삐딱함 없이는
작가도 없다

삐딱함을 아낀다. 상식의 이면을 들여다보는 일은 의외로 공이 많이 든다. 인생을 왜 그리 어렵게 사느냐고, 세상을 너무 어둡게만 보지 말라는 충고도 뒤따른다. 그러나 단언컨대, 삐딱함이 없이는 작가도 없다.

모든 삐딱함이 같은 의미를 지니지는 않는다. 지드래곤의 〈삐딱하게〉란 곡은 실연의 충격에 뒤따르는 삐딱함이다. "영원한 건 절대 없어/결국에 넌 변했지/이유도 없어 진심이 없어/사랑 같은 소리 따윈 집어쳐/오늘밤은 삐딱하게"가는 식이다. 영원하리라 믿었던 사랑을 잃은 밤이니 얼마나 분노와 야유로 가득찰까. 강산에의 〈삐딱하게〉는 사회 전체로 시선을 확대시킨다. "조금 삐딱하면 이상하게 나를 쳐다보네/조금 삐딱하면 손가락질하기 바쁘네." 이렇게 사회 부적응자 취급을 받더라도 올바름에 집착하지 말고 '삐딱이'로 버티며 즐기기를 권한다.

자서전을 살필 때는 읽은 시간만큼 되묻곤 한다. 거듭 강조하는 업적은 무엇인가. 끝까지 침묵하고 건너뛰는 과오나 실수는 무엇인가. 아무리 진솔한 고백이라고 해도 전부를 털어놓진 않는 법이다. 의도적으로 감추는 차원에서 시작하여, 마음의 상처 탓에 자신도 모르게 언급하길 주저하는 차원까지 다양하다. 행간의 틈을 발견하여 채우지 않고는 그 인간의 삶이 오롯이 드러나질 않는다. 양달을 딛고서도 응달에 눈을 돌리고 어둠에 웅크려서도 빛줄기를 찾는 이가 바로 작가다.

인물의 명암을 나눠 어루만지고 대조하다보면 결핍에 대처하는 방식이 세 가지 정도로 갈린다. 하나는 감춤이다. 자신에게 부족한 부분을 언급하지 않음으로써 존재하지 않는 것으로 만들려는 방어적인 노력이다. 또하나는 반성이다. 부족한 부분이 왜 생겼고 그로 인해 어떤 문제가 발생했는가를 소상히 밝히고 이를 극복하기 위한 그동안의 노력과 앞으로의 계획 등을 설명하는 것이다. 마지막은 적반하장이다. 결핍된 부분을 타인의 책임으로 돌려버리고 자신은 상황을 판단하거나 해결책을 제시하는 심판관의 자리로 옮겨 앉는 식이다. 헌법과 군령을 어기고 권력을 찬탈한 이가 '정의 사회 구현'을 주장한다든지, 독재자가 민주주의를 강조하는 경우를 우리는 세계사에서 쉽게 찾을 수 있다.

공적인 발언을 왜 곧이곧대로 믿지 않느냐는 원망 섞인 불만이 들려오는 요즈음이다. 그러나 말은 누가 하느냐에 따라 다르고 어떤 맥락에서 하느냐에 따라 다르며 어떤 행동을 병행하느냐에 따라 다르다. 공직자 중에서 국민을 위하지 말자는 이가 어디 있는가. 그러나 말과 행동을 일치시키지 않는 이들의 삶을 조사하고 관찰하여 정리한 후 이야기로 담는 이가 또한 작가다. 그러므로 작가는 세상의 모든 말들을 믿지 않고 되살필 운명을 타고났다. 이 운명의 자세가 바로 삐딱함인 것이다.

삐딱하게 들여다보면 곳곳이 의문투성이다. 환경 분야만 예로 들어보자. 이웃나라 일본은 후쿠시마 원전 사고로 방사능 오염이 심각한데 핵발전소를 더 짓겠다는 우리 정부의 결정이 과연 옳은 것일까. 지금부터라도 탈핵의 구체적인 방법을 고민해야 하지 않을까. 졸속으로 진행된 4대강 사업의 후유증을 어떻게 치유할 것인가. 작가는 이 물음들을 하나씩 쥐고 공명정대하게 모든 일을 처리하겠다는 공적인 발언을 의심하며 이야기를 짜고 문장을 만든다. 정치에 관심이 많거나 사회 문제에 적극적으로 대처하는 작가라서가 아니라, 삐딱함으로부터 비롯된 본능적인 행보인 것이다. 좋은 게 좋다는 식의 긍정은 때론 배신을 낳지만, 삐딱함은 고통스러울지라도 당면한 현실을 외면하지 않는다.

강산에의 노래로 돌아가보자면, 스스로 삐딱하고자 애쓰는 자와 삐딱한 땅에 서고도 자신의 삐딱함을 깨닫지 못하는 자는 상반된다. 전자는 사회를 다채롭게 분석하는 시도지만 후자는 사회를 단 하나의 삐딱함으로 통일시키려는 횡포다. 어느 쪽이 디무니 없으면서도 위험한지는 명백하다. 문제가 전혀 없다거나 설령 있다고 해도 해결책을 이미 세웠다고 자신하는 조직보다 더 문제인 조직은 없다. 개인과 국가도 마찬가지다. (2014)

『자서전』, 유호식, 민음사, 2015

한번쯤은 나에 대해 쓰고 싶은 충동이 인다. 과연 무엇을 쓸 것인가. 자기 자랑으로 덧칠된 자서전은 역겹다. 저자는 장 자크 루소를 중심으로 나의 잘못이나 실수를 낱낱이 적는 것이 중요한 글쓰기의 유형으로 인정받는 과정을 탐색한다. 쓰는 대상인 나와 쓰는 주체인 나는 어떻게 같고 다를까. 어디서 만나고 어떻게 다툴까. 이 책을 읽은 후 우아하고 정직한 자서전들을 독파하는 것은 어떨까. 슈테판 츠바이크의 『어제의 세계』(지식공작소, 2014)도 좋고 귄터 그라스의 『양파 껍질을 벗기며』(민음사, 2015)도 좋겠다.

『어제의 세계』, 슈테판 츠바이크, 지식공작소, 2014

유럽 최고의 장서가가 오로지 기억에만 의존하여 쓴 유려하고 쓸쓸한 자서전. 두 차례 세계 대전을 모두 경험한 츠바이크는 가장 빛나고 아름다운 시절부터 가장 어둡고 추악한 시절까지를 모두 체험한 세대로 스스로를 규정한다. 이 자서전을 탈고한 후 얼마 지나지 않아 아내와 동반 자살했다.

또 써봐!

 프랑스 영화감독 프랑수아 트뤼포 식으로 말하자면, 좋아하는 소설을 두 번 읽고 그 소설에 대한 비평을 쓰다가 내 소설을 쓰려고 마음먹었을 때가 스물여덟 살 즈음이다. 대학과 대학원을 거치며 조선시대 고소설부터 근대와 현대 소설을 두루 읽었던 터라 눈은 높았지만 손은 무뎠다.

 박사과정을 수료한 후 뒤늦게 해군 장교로 입대하여 경남 진해로 내려갔다. 해군사관학교 생도들에게 작문과 해양 문학을 강의하는 것이 내게 부여된 새로운 임무였다. 오전 7시 45분, 바다가 내려다보이는 연구실에 앉아 소설 습작을 시작했다. 처음엔 이런저런 소설을 읽었지만 문득 고개를 들면 바다였고, 점심시간까진 아직 여유가 있었다. 학부와 대학원 시절에는 본격적으로 달려들지 못했던 소설 쓰기의 자유가 허락된 것이다.

단편소설이 하나씩 완성될 때마다 서울에 계신 양귀자 선생님께 팩스로 보냈다. 지금이라면 원고를 파일에 담아 e메일로 간단히 띄웠겠지만 그때만 해도 인터넷이 활성화되기 전이었다. 소설이 담긴 긴 팩스 용지가 혹시 엉키지나 않을까 별별 걱정이 다 들었다.

처음에 선생님은 내 습작품에 대해 구체적인 말씀이 없으셨다. "또 써봐." 이게 전화기에서 들려온 목소리의 전부였다. 처음부터 빛나는 시를 쓰는 시인은 있지만, 처음부터 완성도 높은 소설을 쓰는 소설가는 없다고 했던가. 지금 생각해보면 인물도 구성도 문체도 손볼 데가 너무 많았기 때문에 품평 대신 침묵을 택하셨으리라.

그러나 나는 서울과는 너무 먼 남해안 작은 도시에 있었고, 반복되는 아침에 군인 정신으로 소설을 쓰는 것 외엔 마음 둘 다른 것을 찾지 못했다. 부끄러움보다 열정이 컸던 시절이었다. 속천바닷가에 가서 소주 몇 잔으로 쓰린 마음을 달래며 노래 한두 곡 밤바다에 띄운 뒤 돌아와선 다시 썼다. 반년쯤이 흘러갔다. 그사이 단편을 여섯 편쯤 썼고, 선생님께 팩스로 보냈으며, 다음 작품을 써보라는 권유를 받았다.

단편 하나를 더 썼다. 막내 외삼촌에 관한 이야기였다. 외할아버지와 외삼촌은 경남 창원의 어느 야산에서 과수원을 했다. 그 과수원에는 앵두나무가 백여 그루 있었다. 5월말이면 친척들이 과수원으로 몰려가서 주렁주렁 붉게 익은 앵두를 땄다. 아이들은 양손을 번갈아 뻗어 앵두를 한 움큼씩 쥐고 먹느라 바빴다.

서울에서 선생님을 뵈었다. 선생님은 웃으며 말씀하셨다.

　"너만의 풍경을 문장으로 옮겼으니 이제 작가가 될 수 있겠다. 짜증을 내며 산길을 올라가던 아이가 산마루에서 붉게 물든 앵두나무를 발견하고 언제 힘들었냐는 듯이 달려가는 이 장면을 김탁환 아닌 누가 또 쓰겠니?"

　해군사관학교 연구실에서 썼던 단편들은 단 하나도 발표하지 않았다. 선생님이 인상적이라고 지적해주신 장면이 담긴 소설 역시 부족한 부분이 많았다. 전문 작가로 나서기엔 모자라는 솜씨인데도 작가가 될 수 있겠다고 말씀하신 것은, 내가 읽어온 소설들로부터 영향 받은 풍경이 아닌 나 자신만의 풍경을 거기서 처음 만들었기 때문이리라.

　그리고 시간이 많이 흘렀다. 나는 제대한 후 소설가가 되었다. 바다가 내려다보이는 연구실과 두루마리 화장지를 펼치듯 이어진 아침 습작과 팩스와 선생님의 격려가 없었다면, 나는 내 재능을 의심하다가 소설을 읽고 논하는 연구자의 길을 갔을지도 모른다. 대학원에서 함께 공부한 이들이 대부분 고전문학전공 교수로 자리잡은 것을 볼 때면, 나는 그들로부터 얼마나 멀리 와버렸는가 스스로에게 되묻곤 한다.

　각종 작법서들이 출간되고 있다. 소설을 업으로 삼기에 나 역시 글쓰기에 관한 책을 두 권 펴냈다. 나는 줄곧 글을 쓰는 테크닉보다 태도가 중요하다고 강조해왔다. 독자들로부터 '태도'가 대체 무엇이냐는 질문을 받곤 한다. 그때마다 나는 수많은 풍경 중에서 자신만의 풍경을 발견하고자 노력하는 것, 그리고 그것을 자신만

의 문장으로 옮기고자 분투하는 것이라고 답한다. 물론 양귀자 선
생님께 배운 것이다. (2014)

『원미동 사람들』, 양귀자, 쓰다, 2012

멀고 아름다운 동네에 관한 단편 모음집. 소설가가 젊은 시절 실
제 살았던 동네이기도 하다. 한 편 한 편 읽다보면 풍광이 먼저
떠오르고, 바삐 오가는 등장인물들이 얹히고, 그들 옆에 서서 웃
고 우는 독자 자신을 발견하게 된다. 일상의 고단함을 격이 다른
슬픔으로 승화시켰다. 소설에 담긴 거리를 논하며 "러시아에 넵
스키 대로가 있다면 우리에겐 원미동 거리가 있다"고 적었던 기
억이 새롭다.

'인생의 잡음'을
'내면의 울림'으로 이끌라

　타인의 책에서 비슷한 경험을 적어놓은 문장을 만나면 멈추게 된다. 최예선의 『밤의 화가들』을 읽을 때 그랬다. 어린 시절 저자의 할머니는 밤만 되면 옛날이야기를 들려줬는데, 어두컴컴한 천장은 그 이야기를 펼치는 그녀만의 영화관이었다고 한다. 내게는 할머니가 가까이 살지 않았기 때문에 바람 소리가 옛날이야기를 대신했다. 된바람에 뒷산 나무며 마당의 개집이 흔들릴 때마다 내 방 어두운 천장엔 각종 괴물이 하나씩 등장했다. 눈을 질끈 감아도 사라지지 않았다. 귀를 막아도 소리들이 계속 내 몸 구석구석으로 파고들어 울렸다. 괴물을 물리치기 위해선 내가 아는 이야기를 총동원하고 그때그때 떠오르는 생각까지 덧붙여 힘센 영웅을 새로 만들어야 했다. 서정주의 시 「자화상」과는 다른 의미로 나를 키운 것은 8할이 바람이었다.

스물한 살의 봄, 그 바람 소리를 다시 들었다. 하덕규의 노래 〈가시나무〉로부터였다. "내 속엔 내가 너무도 많아 당신의 쉴 곳 없네"라는 고백을 시작하기 전, 을씨년스러운 바람 소리가 불어오고 솟고 회오리쳤다. 숲을 뒤흔들어 나뭇가지에 앉은 새들을 내쫓는 폭력이자, 사귀자고 다가서는 모든 이들에게 이빨과 발톱을 드러내는 내 마음의 어둠이었다. 어떤 날은 노래를 끝까지 들었지만 어떤 날은 바람 소리만 듣고도 눈물이 흘러 돌아서야만 했다. 울컥 가슴을 치며 삶을 찌르는, 일상을 떠난 적이 없는 소리들을 나는 '인생의 잡음'이라고 불렀다.

작년부터 꾸준히 가수 이아립의 노래를 찾아듣고 있다. 왜 하필 이아립이냐고 묻는다면, 내 멋대로 명명한 잡음 이야기로 핑계를 삼겠다. 가령 2007년 발표한 〈누군가 피워놓은 모닥불〉을 들을 땐, 잡음을 따라 번지는 헤드라이트 불빛과 타들어가는 모닥불을 떠올리곤 했다. 빛과 함께 타닥타닥 장작이 타들어가는 소리가 함께 찾아들었다. 노래가 끝날 무렵 "당신도, 당신도 여기 있나요"라는 질문 역시 이 잡음 덕분에 바깥을 떠도는 바람처럼 생생했다.

2013년 발매된 4집 앨범 《이 밤, 우리들의 긴 여행이 시작되었네》에선 바깥의 소리들이 가사의 일부로 들어왔다. 〈서라벌 호프〉는 이별을 이별답게 하고 출발을 출발답게 만드는 노래다. 호프에서 나눈 눈빛, 부딪치며 뇌까린 건배의 잔들을 기억하기 위해 "내 마음속에 버려두었던 사진기를 꺼내 찍는다". 뒤이어 두 번 '찰칵'이란 사진기 셔터 누르는 소리에 힘이 실린다. 사진을 찍는다고 이 순간이 영원하지 않음을 우린 안다. 오늘밤 우리가 이곳을 떠나 사라지면 서라벌 호프도 없다. 서라벌 호프가 계속 손님을 맞고 생맥주를 판다고 해도, 훗날 우리 중 한 사람이 추억을 더듬어 찾아온다고 해도, 그 가게는 '우리'의 서라벌 호프는 아닌 것이다. '찰칵'은 누구나 간직할 법한 젊은 날의 아린 지점을 일깨우면서 또한 객관적인 거리를 만드는 차가운 주문呪文이다.

〈사랑의 내비게이션〉은 유머러스하다. 너에게 가는 길을 자꾸 잃어버리니 내비게이션처럼 길 안내를 해달라는 착상은 신선하긴 해도 충격적인 정도는 아니다. 그런데 이아립은 노래를 중간에 능청스럽게 뚝 멈추곤 내비게이션에서 나오는 안내문을 말투까지 똑같이 옮겨 읊조린다. "전방에 과속방지턱이 있습니다. 운전에 주의하시기 바랍니다."

노래의 마지막 역시 "목적지 부근에 도착하였습니다. 경로를 종료하시겠습니까?"라는 귀에 익은 안내문으로 마무리짓는다. 과연 이 연인은 무사히 만났을까. 내비게이션은 왜 목적지가 아니라 목적지 '부근'에 도착하였다고만 할까. 목적지를 찾지 못하더라도 책임을 떠안지 않으려는 술수가 아닐까. 경로를 종료하는 쪽은 언제나 운전자일 수밖에 없지 않은가. 노래가 끝난 뒤에도 내게 이 물음을 거듭 던지게 만든 것은, 신기하게도 이아립이 삽입한 안내문이다. 흔하고 무미건조한 내비게이션의 인내문이 사랑을 이끌고 지키고 머무르게 하는 촉촉한 내면의 울림으로 바뀌는 순간이다.

바람 소리든 사진기 셔터 소리든 혹은 내비게이션 안내문이든, 밖의 소리를 마음 안으로 끌어들여 속삭이는 사람을 만나면 내 '인생의 잡음'을 들려주고 싶다. 소리로 은밀히 만들어가는 집, 그것이 인생일지도 모른다. (2014)

『밤의 화가들』, 최예선, 모요사, 2013

밤을 그린 화가, 밤이 실린 그림, 그 화가와 그림을 모아 음미하는 저자의 밤 이야기. 어둠이 짙을수록 빛나는 욕망과 정갈한 고독과 사라지지 않는 두려움과 들키기 싫은 즐거움이 가득한 책이다. 세상엔 두 종류의 인간이 있다. 낮에서 낮으로 사는 인간과 밤에서 밤으로 사는 인간. 다시 말해, '밤이 선생'인 줄 모르는 인간과 아는 인간.

김광석은 왜 노래를 찾아 떠돌았을까

《장유정이 부르는 모던 조선》이란 앨범을 지친 오후 종종 듣는다. 대중가요 연구자 장유정씨가 전 곡을 직접 부른 이 앨범은 '1930년대 재즈송 모음'이다. 내가 아는 노래는 단 한 곡도 없다. 〈정열의 산보〉라는 곡명처럼 뜨거운 선율이 가슴으로 밀려들 때마다 내 손은 자연스럽게 김광석의 앨범들에 가닿는다.

김광석의 노래로 만든 뮤지컬들이 줄줄이 개봉하더니, 흩어진 글들을 모아 김광석 에세이집 『미처 다 하지 못한』까지 출간되었다. 김광석과 함께 1980~90년대를 논한 글은 차고도 넘쳐 김광석 '학學'을 만들어도 좋을 지경이다. 〈춘향전〉에 관한 수천 편의 논문 위에 또다른 논문 하나를 올리는 마음이 이와 같을까.

내게 김광석은 '노래를 찾는 사람들' 중 하나다. 같은 이름의 노래패에서 활동하기도 했지만, 꼭 1980년대로 국한되진 않는다.

그는 '김광석 다시 부르기'란 이름으로 1993년과 1995년 두 장의 앨범을 발표했다. 노래를 다시 부르기 전에는 당연히 부를 곡을 찾아다녀야 한다. 그리고 찾던 노래를 '발견'하는 떨리는 순간이 있다. 가령 김목경이 만들고 부른 〈어느 60대 노부부 이야기〉를 처음 듣던 때를 김광석은 이렇게 회고했다.

"89년 여름 버스 안에서 이 노래 듣고 울었어요. 다 큰 놈이 사람들 많은 데서 우니까 참느라고 창피해서, 으흑 막 이러면서 억지로 참던 생각납니다."

노래를 듣고 뭉클했던 기억은 누구에게나 있다. 가수라면 그 노래를 연습하여 공연에서 한두 번쯤 순서에 넣어 부를 만도 하다. 그러나 감동한 노래들을 따로 모아 편곡하고 자신의 목소리에 담아 앨범으로 발매하는 것은 다른 차원이다. 1990년대 초 자기 이름을 걸고 이런 시도를 한 가객은 김광석이 유일하다. 그는 왜 노래를 찾아 떠돌았을까.

《다시 부르기》 앨범에는 한대수, 양병집, 이정선, 김목경 등이 부른 노래와 〈그루터기〉나 〈광야에서〉 같은 대학가의 인기곡들이 함께 담겨 있다. 이를 통해 우리는 김광석이 음악적 자양분으로 삼으려 한 경향을 확인할 수 있다. 포크folk 중에서도 저항의 목소리를 담은 곡들, 민중의 애환이 담긴 곡들, 역사와 현실에 대한 전망을 품은 곡들이 그의 목소리로 되살아났다. 사랑을 잃고 방황하는 이의 아픔을 섬세하게 표현하여 인기를 끈 노래들과는 다른 빛깔이다.

직업으로서 가수의 길을 걷기 시작한 1990년대 김광석에겐 이런 고민이 찾아들지 않았을까. 나는 발라드 가수들처럼 '사랑'만 노래하고 싶진 않다. 나는 엄혹한 1980년대를 지나왔고, 그 속에서 포크와 민중가요의 건강함과 따뜻함을 배웠다. 어떻게 하면 이 둘을 함께 품을 수 있을까. 이 물음이 그를 공부하게 만들었고 지난 곡들을 다시 듣게 했던 것은 아닐까. 김광석은 과거를 소비하지 않고 미래의 바탕으로 삼으려 했다. 그에게 '다시 부르기'는 추억 여행이 아니라 다음 걸음의 방향과 폭을 결정하는 예행연습이었다.

뮤지컬들을 본 후 내내 마음이 편치 않았다. 김광석의 노래로 풍요로운 시간이었지만 이 작품들을 기획한 이들에게 묻고 싶었다. 김광석을 과연 노래를 찾는 사람으로 그렸느냐고. 김광석이 개인의 상처와 역사의 고통을 아우르는 감성을 만들기 위해 노래를 찾아 헤맸듯이, 김광석을 찾아 되살려내었느냐고. 김광석이 지닌, 어눌하게까지 보이는 간절함이 뮤지컬에는 없었다. 무대는 화려하고 연기는 매끄럽고 노래는 단정했지만, 시대와 부딪혀 찢긴 엇박자의 고뇌는 보이지 않았다. 추억의 방편으로 김광석과 그의 노래가 쓰이는 것은 그가 도달하고자 애쓴 감성으로부터 멀어지는 일이다. 뮤지컬 배우들이 김광석의 노래를 번갈아 부르며 풋풋한 연애와 쓰라린 실연을 선보여도, 김광석은 거기 없다.

모처럼 우리 곁에 돌아온 동물원의 김창기는 〈꾕석이에게〉라는 곡으로 먼저 간 벗에 대한 그리움을 절절하게 노래했다. 이 구절이 눈에 띈다. "믿을 수 있는 사람을 찾지만 함께 취해주는 사람들뿐이고/무언가 말하려 하지만 남들이 먼저 다 하고 떠나갔고……" 가장 오래 참고 견디는 사람만이 어제와 오늘과 내일을 자신의 목소리로 이을 수 있다. 김광석은 2014년 지금도 우리가 다시 찾아서 불러야 하는 오래된 미래다. (2014)

『미처 다 하지 못한』, 김광석, 예담, 2013
가수는 노래만으로 충분한가. 소설가는 소설만으로, 배우는 연기만으로 넉넉한가. 그들은 모두 인간이다. 김광석의 노래가 아니라 김광석의 글을 읽어야 하는 까닭은? 그것은 마치 마틴 스콜세지가 만든 다큐멘터리 〈조지 해리슨―물질세계에서의 삶〉을 통해 조지 해리슨의 사상을 살펴보는 것과 같다. 노래하지 않을 때 김광석은 걷고 마시고 웃고 침묵하다가 때론 썼다, 미처 다 하지 못한 그의 이야기를.

가까이서 본다고
더 잘 보이는 것은 아니더라

삶이 힘들 때 주문처럼 외우는 문장이 혹시 있는가. 올해부터 나는 세 가지 동사에 기대어 삶이란 여행을 이어가려 한다.

『와유록臥遊錄』이란 책이 있다. 조선 후기에 편찬된 12권 12책의 기행 시문집이다. 산과 강과 바다와 섬을, 문장을 따라 어루만지는 재미가 각별하다. 고려의 도읍지 개성을 배경으로 장편소설을 지을 때 이 책을 만났다. 옛길과 마을 풍경을 확인하는 것은 뒷전이었고 곧 새로운 즐거움에 빠져들었다. 다채로운 문장을 때론 말처럼 때론 배처럼 타고, 가보지 않은 곳을 상상하며 노닐었다. 내 소설의 독자들에게도 누워서 노니는 기쁨을 선물하고 싶었다.

이 추억을 페이스북에 올렸더니 자신도 '와유록'을 쓰겠다고 나선 이가 있었다. 〈오래된 인력거〉라는 다큐멘터리 영화를 만든 고 이성규 감독이다. 그때 벌써 암 투병중인 이 감독은 바깥출입이 어려워 병상에서 책을 읽고 페이스북에 글을 올리며 하루하루를 보냈다. 2013년 11월 5일, 그는 이렇게 적었다.

"간암 4기인 다큐멘터리스트는 삶의 끝자락 즈음 죽음과 마주한 채 지금까지 세상과 사람에게로 여행한 것들의 시선과 느낌을 정리한다. 누워 있음은 시간과 공간의 한계를 낳지만, 사실적 상상력을 무한대로 펼칠 수 있기도 하다. SNS를 통한 소통은 그걸 가능케 한다."

그리고 그는 12월 13일 임종할 때까지 와유의 기록을 띄엄띄엄 적어나갔다. 나는 그가 글을 올릴 때마다 거듭 읽고 밑줄을 그었다. 뜨겁고 짙은 문장이 많았다. 오래 길 위를 떠돈 영혼만이 들려줄 수 있는 이야기들이 인도 바라나시 갠지스 강 위의 꽃잎처럼 유유히 흐른다. 구체적인 시공간의 경험을 정확히 짚어 설명하면서, 또한 그 풍경을 지나온 지금의 몸과 마음을 들여다본다. 나는 거기에도 있고 또 여기에도 있다. 문득 묻고 스스로 답한다. "그런데 그걸 아는가, 여행과 와병의 공통점을? 여행과 와병 모두 자기 자신을 반성하게 한다는 것."

늦가을에 이성규 감독의 극영화 〈시바, 인생을 던져〉를 보았다. 가수 조동희가 음악감독을 맡고 주제곡까지 불렀다. 내겐 이 작품이 한 예술가의 고요하면서도 치열한 중간 결산으로 느껴졌다. 질주하다가 잠깐 걸음을 멈추고 호흡을 가다듬으며 무엇을 위해 달려왔던가를 되살피는 이야기. 더 멀리 도약하기 위해 무게중심을 뒷다리로 옮긴 벵골호랑이를 닮은 영화였다. 인생을 던진다는 것, 최대한 밀착하여 인도의 모든 것을 꼼꼼히 담으려는 바람으로 들끓던 시절들. 영화는 열망으로 가득찬 다큐멘터리 피디 병태를 따라간다. 이성규 감독은 카메라 뒤에 서서 젊은 날의 초상을 만들며 무슨 생각을 했을까.

"가까이서 본다고 더 잘 보이는 건 아니더라"는 마지막 대사는 의미심장하다. 여전히 이 일에 인생을 던지겠지만, 방식의 변화를 암시하기 때문이다. 논픽션에서 픽션까지, 여행자이자 예술가이자 구도자의 안과 밖을 아우르는 영화가 싹을 틔우고 있었다.

그날 나는 제안했다. 이성규 감독이 자신만의 '와유록'을 완성한다면 내가 감히 발문을 쓰겠노라고. 그는 "꼭 그랬으면 좋겠다"는 댓글을 달았다. 약속은 지켜지기도 하고 깨어지기도 한다. 인생에선 흔한 일이다. 그러나 어떤 약속을 미완의 형태로 미루고 싶을 때는 이유를 밝혀둘 법도 하다.

노닐며 던지고 받아들이려 한 삶의 순간들은 이제 이성규 감독에게서 우리의 나날로 옮겨왔다. 한 달 남짓 그가 적은 문장으론 책을 만들기에 턱없이 부족하다. 그러나 그와 함께 작업해온 이들과 또 그의 삶에 감동한 이들이, 와유의 기록을 좋아하고 댓글을 달고 공유하며 각자의 삶으로 잇는다면 언젠가 한 권의 책으로 완성되지 않을까. 그를 따르던 동료와 후배들의 다큐멘터리가 기다려지는 것도 이 때문이다. 그때도 내게 기회가 주어진다면 이 감독이 '와유록'을 쓰고자 했던 숫눈 같은 첫 마음을 인용하며 시툰 고마움을 보태고 싶다.

"아우슈비츠에서 살아남은 프리모 레비는 이렇게 썼다. '인생에서 목적을 가지는 것은, 죽음에 대한 최선의 방어이다.' 지금의 내게 목적을 가지는 건, 내 상황을 팔아서라도 나를 기록하는 것이다. 그것이 내 앞에 직면한 죽음과의 투쟁이다. 공격적이지 않은 최선의 방어로서 말이다." (2014)

『누워서 노니는 산수』, 이종묵 편역, 태학사, 2002
누워서 화성에 관한 소설을 읽으면 화성에 가고 싶고, 명왕성 사진을 들여다보면 명왕성을 노닐고 싶다. 억만금을 줘도 가기 힘든 곳이지만, 수첩을 펴고 엎드려 쓰면 곧 화성에도 집을 짓고 명왕성에도 닿는다. 공간 여행뿐만 아니라 시간 여행도 가능하다. 이미 죽은 이들을 불러 어울릴 수도 있고, 아직 태어나지 않은 이들에게 말을 걸 수도 있다. 와유록, 혼자 놀기의 진수!

필사의 핵심은
공감과 자발성이다

대자보만큼 만든 이의 개성이 듬뿍 담긴 매체는 드물다. 음식을 맛보기 전 향과 빛깔을 살피듯, 대자보 앞에 서면 글씨체와 글자 크기, 여백부터 훑어보곤 한다. 필사본筆寫本 소설을 읽으며 생긴 습관이다.

판각본과 활자본 이전에 필사본 소설의 시대가 있었다. 탐독한 소설을 간직하고 싶다면 그 작품을 한 글자 한 글자 베껴 적는 수밖에 없는 나날. 최근 등장한 대자보에도 필사의 전통이 흐른다. 대자보를 써본 사람은 알리라. 백지를 펼쳐놓고 단번에 자신의 생각을 써내려가는 이는 없다. 알리고 싶은 글을 작은 공책에 정리한 뒤 그것을 큰 전지全紙에 또박또박 필사하는 법이다. 글씨를 가지런히 쓰기 위해 종이를 일정한 간격으로 접기도 하고 긴 자를 밑줄처럼 대기도 한다. 강조하고 싶은 단어나 문장엔 밑줄을 긋거나 색깔을 바꾼다. 여백도 아까워 그 글을 쓴 단체나 개인의 상징을 기호나 그림으로 채운다. 처음부터 끝까지 방심하면 안 된다. 글자 하나만 잘못 적어도 깨끗하게 수정하기 어렵다.

필사본 소설과 '안녕들 하십니까'로 시작하는 대자보들의 공통점은 필사자가 읽는 이면서 쓰는 이라는 점이다. 〈춘향전〉을 예로 들어보자. 이 작품이 성춘향과 이몽룡의 사랑 이야기임을 읽어 아는 필사자는 붓을 들고 베껴나가다가 흥미로운 대목을 만나면 더 많은 대화와 사건을 집어넣기도 한다. 그러나 시시한 대목은 줄이거나 아예 빼버린다. 이렇게 탄생한 것이 바로 필사본 소설의 이본異本이다. 작품 제목과 줄거리는 바뀌지 않으면서도 그 안에서 무수한 차이가 만들어진다. 〈춘향전〉이 언제나 춘향전'들'로 존재하는 이유가 여기에 있다. 대자보에 참여한 이들도 마찬가지다. '안녕'을 묻는 대자보를 읽은 후 저마다의 사연을 그 질문과 답 사이에 빼곡하게 담는다.

필사의 핵심은 공감과 자발성이다. 소설이 좋아 밤새 옮겨 적는 노력을 아끼지 않은 필사본 소설의 독자처럼, 대자보 작성자들도 최초의 문제의식에 동의하여 시간과 돈을 자진해서 쓰는 것이다. 이 과정에서 대자보는 인터넷 공간의 글쓰기와는 다른 경험을 젊은 세대에게 새롭게 선사한다. 화면을 띄우고 자판을 쳐서 정해진 칸을 메우는 것과 전지를 펼쳐두고 펜을 힘껏 쥔 뒤 쓰는 것은 확연히 다르다. 내가 쓴 대자보를 붙이고 타인의 대자보를 읽기 위해선 대자보가 붙은 벽까지 걸어가야 한다. 그곳의 기온과 바람과 빛과 소리와 냄새 그리고 곁에 나란히 선 모르는 이들까지 대자보를 읽는 과정에 포함된다. 새로운 감각적 실존이 탄생하는 순간이다.

필사본 소설의 또다른 매력은 가격을 매겨 사고파는 소설과는 다른 가치를 드러낸다는 점이다. '왜 소설가가 되었느냐'는 질문을 받을 때마다 떠오르는 작품이 있다. 다양한 글씨체가 뒤섞인 『임경업전』의 말미에 짧은 필사 후기가 덧붙었다. 결혼한 딸이 아우의 결혼식에 참석하러 친정에 와선 『임경업전』을 베끼다가 마치지 못하고 돌아간다. 아버지는 소설 애독자인 딸을 위해 종남매와 숙질까지 불러 함께 필사를 마친 뒤 마지막에 이렇게 적는다. "아비 그리운 때 보라". 소설을 받아본 딸의 마음은 어떠했을까. 손끝으로 아버지의 글씨를 만지며 고마움의 눈물을 쏟지 않았을까. 여기서 소설은 몇천 원의 상품이 아니라 아버지의 사랑이다. 소설이 이렇듯 인간과 인간을 잇는 선물이라면 평생 매진할 만하다고 느꼈다.

학창 시절 대자보의 달인을 만난 적이 있다. 같은 내용이라도 그 선배가 쓴 대자보엔 더 많은 이들이 몰렸다. 선배에게 이유를 물었다. 대답은 싱거웠다. 특별한 비결은 없고, 대자보로 옮기기 전 공책에 적은 문장을 열 번 정도 소리 내어 읽는다는 것이다. 선배의 대자보를 다시 살폈다. 오직 검정, 단색으로 단정하게 써내려간 대자보에서 떨리는 단어 몇 개가 비로소 눈에 띄었다. 이미 아는 단어인데도 읽는 이를 멈추게 만드는 진심이 거기 담겼다. 목소리의 떨림이 손끝으로 고스란히 옮겨갔던 것이다. 기교는 진심을 이길 수 없다.

대자보들 앞에 선다. '안녕하지 못합니다' 여덟 글자가 흐릿한
까닭은 내 눈에 담긴 눈물 탓일까, 쓴 이의 차오른 진심 때문일까.

(2013)

『안녕들 하십니까』, 안녕하지 못한 사람들, 오월의봄, 2014
대자보 모음집. 2013년 12월부터 시작된 '안녕들 하십니까'로
시작하는 대자보 중 2백 장을 간추려 모았다. 1980년대 대자보
전성기에도 대자보를 모아 책으로 묶은 적은 드물었다. 미사여
구 없이, 대한민국의 폐부를 찌르는 글들이 진솔하면서도 날카
롭다. 정해진 답을 구하는 것보다 없는 질문을 제기하는 쪽이 훨
씬 어렵다. 용기를 내야 하는 일이기도 하다.

지금 당신의 7은
무엇인가

프란츠 카프카의 소설 「변신」의 주인공 그레고르 잠자는 출근을 서두르는 직장인이라면 누구나 그렇듯이, 시계를 확인하며 그 숫자에 따라 움직이고자 노력한다. 눈을 뜨자마자 흉측한 해충으로 변한 아침인데도 이 습관을 버리지 못한다. 시곗바늘이 오전 6시 45분에 가까운 것을 보자마자 4시에 맞춰 우는 자명종 소리를 듣고 깨지 못한 스스로를 꾸짖는다. 그리고 5시 기차는 놓쳤으니 어떻게든지 7시 기차를 타려고 미친 듯이 서두른다. 그러나 잠자는 영원히 기차를 탈 수 없다. 사람에서 해충으로 변한 충격적인 상황은 뒤로한 채 출근 시각을 넘기지 않으려고 인간힘을 쓰는 잠자의 모습은 우스꽝스럽고도 서글픈 우리네 자화상이다.

숫자놀음이다. 조간신문을 펴면 각종 숫자들이 우리를 포위한다. 미세 먼지 농도, 바람의 세기와 기온부터 환율과 주식 등락폭까지 어지럽다. 하나의 숫자를 지역별로 나눠 분석하기도 하고 국경 너머 다른 나라와 엮기도 한다. 오늘의 숫자는 어제의 숫자 혹은 작년 같은 날의 숫자와 비교되며, 그 차이가 또 새로운 숫자로 병기된다. 이 많은 숫자 속에서 우리는 기껏 한두 개만 확인하고 기억할 뿐 나머지는 무시한다. 점심시간만 넘겨도 새로운 숫자들이 우리의 눈과 뇌를 괴롭힐 것을 알기 때문이다.

범람하는 숫자 중에서 유난히 행운과 이어진 숫자가 있다. 7이다. 4의 경우 네잎클로버는 행운을 부르지만, 병원에선 죽을 사死를 연상시킨다며 4층이란 표시를 없앤 건물도 많다. 7에 대해 거부 반응을 보이는 이는 매우 드문 편이다.

시인 박상순은 「6은 나무 7은 돌고래, 열번째는 전화기」라는 시에서 숫자와 사물을 하나씩 대응시켰다. 6은 7보다 작지만, 나무는 돌고래보다 작다고 할 수 없다. 또 9인 코뿔소가 8인 비행기보다 크지도 않다. 7에서 6을 빼면 1이지만, 돌고래에서 나무를 과연 뺄 수 있을까. 게다가 이 시에 등장하는 첫번째는 '나'다. 1에서 1을 억지로 뺀다면? 나는 영영 사라지고 말까.

고난을 극복하고 성공한 이들의 삶을 누구는 칠전팔기라 하고 누구는 사전오기 오전육기 육전칠기 팔전구기라고도 한다. 칠전팔기라고 했을 때 일곱 번의 좌절이 항상 똑같은 슬픔과 고통을 안기지는 않는다. 고생의 총량이 좌절의 횟수에 정비례하는 것도 아니다. 그 삶을 탐구하는 목적과 방식에 따라, 일곱 번의 좌절은 네 번으로 줄기도 하고 열 번으로 늘 수도 있다.

7은 또한 일주일의 길이를 나타내는 숫자이다. 그러나 모든 사람이 일주일을 7일로 생각하진 않는다. 가수 시와가 부른 〈마시의 노래〉는 여행자 김마시가 아일랜드에서 우연히 만난 어부의 삶을 들려준다. "여섯 날은 배 위에서/두 날은 섬 위에서" 지내기 때문에 이 어부의 일주일은 여덟 날이다. 세상 사람 대부분의 일주일이 7일일 때, 8일을 일주일로 삼은 이의 일상은 어떨까. 어부가 결혼을 한다면 그의 아내 역시 8일을 일주일로 삼아 남편을 바다로 떠나보내고 기다리고 맞이할 것이다. 또 이 부부의 아이들도 어부가 되면 아버지를 닮아 여섯 날은 배 위에서 두 날은 섬 위에서 살게 되리라. 노래를 듣는 내내 그 어부의 8일을 상상하며 즐거웠다. 다수가 합의하고 지킨다 하여 그 숫자가 절대적인 틀이 아님을, 아일랜드 어부가 김마시를 통해 시와의 목소리로 내게 차분히 일러주는 느낌이었다.

　행운을 불러온다고 알려진 숫자 7을, 나는 한동안 죽음의 숫자로 받아들이기도 했다. 『장자』 '응제왕' 편의 마지막 일화 때문이다. 남해의 임금 숙儵과 북해의 임금 홀忽은 평소에 자신들을 잘 대접한 중앙의 임금 혼돈混沌의 은덕을 보답하기 위해 이렇게 상의했다. 사람에게는 모두 일곱 개의 구멍이 있어 보고 듣고 먹고 숨쉴 수 있는데, 혼돈만이 구멍이 하나도 없으니 구멍을 뚫어주자고. 하루에 한 구멍씩 뚫었더니 혼돈은 7일 만에 죽고 말았다. 죽은 자의 이름이 혼돈인 것이 예사롭지 않다. 확실한 숫자로 가두지 않으면 혼돈이라 여기고 못 견뎌 하는 이들이 숙과 홀만은 아니리라.

　돌고래, 출근 시각, 좌절한 횟수, 일주일의 길이, 몸에 뚫린 구

멍의 수, 가수의 이름, 이 칼럼이 실리는 날짜. 지금 당신의 7은 무엇인가. (2013)

『행복이 아니라도 괜찮아』, 시와, 책읽는수요일, 2012

음유시인 시와의 에세이집. 노래하는 사람으로 스스로를 알아나가는 과정을 다뤘다. 시와의 노래처럼, 튀지 않고 평범한 문장이지만 여운이 길다. 시에 가깝다. 음악을 통한 치료를 논한 대목에선 시와의 노래가 나아갈 길을 예감하게 만든다. 시는 원래 노래(歌)였으니 시와 노래를 넘나드는 시와가 새로운 듯 낯익다. 고마운 일이다.

가정법을 통한 상상의 가치는
줄어들지 않는다

존 레논과 체 게바라가 마주보며 기타를 함께 연주하는 사진이
트위터를 떠돌았다. 한 사람은 노래로, 또 한 사람은 총으로 세상
을 바꾸고자 헌신했기에 이들의 만남은 묘한 감동을 자아냈다. 이
둘이 언제 어디서 만났는가에 관하여 갖가지 억측이 나왔다. 합주
하며 부른 노래가 무엇인가에 대한 의견도 분분했다. 삶의 행적을
따르자면 〈이매진〉이나 〈워킹 클래스 히어로〉가 어울리지만, 체
게바라가 볼리비아에서 죽은 후 존 레논이 발표한 곡들이기에 가
장 먼저 제외되었다. 나중에 밝혀진 바에 따르면 이 사진은 합성
된 것이고 두 사람은 생전에 만난 적이 없었다. 속았다고 화를 내
는 이보나 사실이 아님을 안타까워하는 이가 더 많았다.

　나도 비슷한 시기를 살다 갔으되 만나지 못한 이들을 상상으로
얽어맨 적이 있다. 『혜초』(민음사, 2008)라는 장편소설에서다. 신

라의 학승 혜초는 천축국 순례를 마치고 파미르 고원을 넘어 타클라마칸 사막으로 진입하여 쿠처에 이른다. 고구려 유민인 고선지가 바로 이 쿠처를 지키는 당나라 장수였다. 문헌에는 두 사람이 만난 기록이 전혀 없지만, 나는 그들이 서로 다투고 미워하고 끝내 화해하는 이야기를 짰다. 국경 너머를 떠도는 승려와 국경을 지키는 장수, 삼국을 통일한 신라인과 나라 잃은 고구려인이 모래바람 날리는 사막 도시에서 부딪치는 것만으로도 흥미진진했다.

우리는 왜 이런 만남들을 허구로 만들어낼까. 여러 가지 이유가 있겠지만, 무엇보다도 근사한 상상의 나래를 펴기 위함이다. 역사와 역사소설의 차이가 무엇이냐는 질문을 종종 받는다. 역사에선 가정법이 성립하기 어렵지만 역사소설은 가정법에서부터 시작한다.

사람과 사람의 만남뿐만 아니라 장소와 장소의 어울림에도 가정법을 적용할 수 있다. 대도시를 한 그루 나무로 바꾸겠다고 나선다면? 디자이너 이장섭은 '컴플렉스 시티 프로젝트Complex City Project'를 통해 대도시의 복잡함을 자연으로 치환하는 작업에 돌입했다. 서울, 파리, 모스크바, 로마 등 세계적인 대도시의 지도를 펼쳐놓고 촘촘히 뒤죽박죽 섞인 크고 작은 길들을 줄기와 가지와 잎으로 삼아 다양한 나무 그림을 완성시킨 것이다. 교통체증과 뒤엉킨 전선, 바삐 거리를 오가는 군중과 그들이 기거하는 아파트 단지 등 복잡함이 주는 대도시의 부정적인 이미지가 광합성을 통해 산소를 내뿜는 나무라는 긍정적인 생명체로 순식간에 탈바꿈한다. 이장섭의 입장에 서면 책상은 책상이 아니고 도시는 도시가 아니며 나무는 나무가 아닌 것이다.

두 사람은 결코 만난 적이 없으며 이 나무 그림은 사실 서울이라는 인구 천만의 대도시 지도라고 밝힌다 해도, 가정법을 통한 상상의 가치는 줄어들지 않는다. 어떤 상상이 주목을 받고 널리 알려지는 까닭은 현실에 발 딛고 사는 인간들의 갈망과 아쉬움이 녹아 흐르기 때문이다. 단 하나의 인생을 살 수밖에 없는 나 자신을 위로하는 방편이기도 하다.

존 레논과 체 게바라는 눈빛을 나누며 합주한 적이 없지만, 둘은 서로의 존재를 알고 있었다. 특히 체 게바라는 체코 프라하의 아파트에서 「비틀스」라는 시까지 썼다. "내가 가장 좋아하는 마태차를 마시며/휴대용 라디오에서 흘러나오는/비틀스의 노래를 듣는다/저 음표 어딘가에/세계의 젊은이들이 열광하는/이유가 숨어 있으리라." 그날 체 게바라가 들은 노래는 〈예스터데이〉였다. 그는 이 명곡을 들으면서 쿠바 혁명을 위해 멕시코에서 탔던 배 그란마Granma와 뚫고 나갔던 밀림들을 추억했다. 합성 사진을 만든 이도 이런 교감에 근거하여 아름다운 상상을 한 장의 사진에 담은 것이리라.

이장섭은 인류에게 시적인 상상이 필요한 이유를 이탈리아 작가 칼비노를 빌려 설명했다. 눈앞의 현실이 지옥처럼 힘들더라도 살아갈 수 있는 방법은 절망하지 말고 그 안에서 천국을 상상하는 것이라고. 당신은 지금 누구누구가 만나는 상상을 하고 싶은가. 왜 하필 그 두 사람인가. 이토록 매혹적인 가정법은 과연 당신을 치유하는 약일까 마비시키는 독일까. (2013)

『쿠바―혁명보다 뜨겁고 천국보다 낯선』, 정승구, 아카넷, 2015
즐거운 소동과 진지한 탐구가 어우러진 쿠바 여행기. 백여 장의
사진이 지금 쿠바의 실상을 드러낸다. 아름다운 섬나라의 역사
와 예술은 물론이고, 혁명 과정과 미국과의 갈등 양상을 생생하
게 짚었다. 특히 쿠바 젊은이들의 생각과 문화를 흥미진진한 사
건과 발빠른 대화로 보여준다. 헤밍웨이 귀신이 보이는 장면까
지 일어날 법하다. 쿠바만의 길은 무엇이었고 무엇이며 무엇이
어야 하는가. 마지막에 저자는 이 물음의 주어를 대한민국으로
슬쩍 바꿔놓는다.

『레논 평전』, 신현준, 리더스하우스, 2010
존 레논의 일생을 충실히 복원하면서, 음악가이자 사회운동가로
서의 면모를 균형있게 적은 책이다. 비틀즈다움에서 존 레논다
움으로의 변화를 당시 문화와 사상의 흐름 속에서 살피고 있다.
한국인에 의해 나머지 비틀즈 멤버들의 평전이 나오기를 기대한
다. 특히 조지 해리슨 평전을 기다린다.

사랑이 그를
견디게 한 것이다

　낯선 길 위에서 누군가를 우연히 세 번 만난다면 기연奇緣을 따져보아야 한다. 다른 복장 다른 걸음걸이 다른 미소를 보일 땐 더더욱 그렇다. 나는 터키 시인 나짐 히크메트와 세 번 마주쳤다. 기억할 만한 지나침이었다.

　처음 히크메트의 시를 발견한 것은 2005년 출간된 류시화 시인의 잠언시 모음집 『사랑하라 한 번도 상처받지 않은 것처럼』(오래된미래, 2005)에서였다. 수록된 시 「진정한 여행」은 첫 부분부터 읽는 이의 가슴을 흔들었다. "가장 훌륭한 시는 아직 쓰여지지 않았다/가장 아름다운 노래는 아직 불려지지 않았다/최고의 날들은 아직 살지 않은 날들/가장 넓은 바다는 아직 항해되지 않았고/가장 먼 여행은 아직 끝나지 않았다". 이 시를 작업실 벽에 붙여두고 소리 내어 읽으며 하루를 시작했다. 뛰어난 힐링 포엠

Healing Poem을 쓰는 시인이구나 여겼다.

다시 히크메트의 시를 만난 것은 2008년 번역된 존 버거의 산문집 『모든 것을 소중히 하라』(열화당, 2008)에서였다. '나는 내 사랑을 나직이 말할 테요'라는 장에서 존 버거는 히크메트에게 보내는 편지와 에세이를 실었다. 징검다리처럼 히크메트의 시가 군데군데 놓였다. 존 버거는 정치범으로 도합 17년을 터키의 차디찬 감옥에서 보낸 히크메트의 시가 지닌 광활한 공간성에 주목한다. 갇혀 있기에 더 먼 곳까지 더 넓고 깊고 빠르게 나아가는 것이다. 공간에 대한 구체적인 묘사도 없이 그의 시는 대양을 건너고 산맥을 가로질렀다. 히크메트는 노래했다. "내가 만일 창이라면, 커튼이 달려 있지 않은 드넓은 창이라면/온 도시 전체를 내 방으로 불러들일 테요/내가 만일 하나의 단어라면/아름다움을 공정함을 진실함을 요청할 테요". 존 버거에게 히크메트는 학살의 세기에 새로운 사회를 만들기 위해 헌신한 저항시인이었다.

마지막으로 히크메트의 시들을 축복처럼 왕창 읽은 것은 2012년 정선태 교수가 엮은 『백석 번역시 선집』에서였다. 푸시킨, 레르몬토프 등 러시아 시인 틈에 히크메트가 있었다. 백석은 1956년 평양에서 『나짐 히크메트 시선집』을 3인 공역으로 펴냈다. 이중에서 37편이 백석의 손을 거쳤다.

내가 백석의 번역 작품을 읽기 시작한 것은 니콜라이 바이코프의 「식인호食人虎」부터였다. 아무르 호랑이에 관한 자료를 찾다가 잡지 『조광』 1942년 2월호에서 이 번역 소설을 발견한 것이다. 울창한 만주 밀림의 면면을 맛깔스러운 우리말로 옮긴 솜씨가 놀라웠다. 호랑이의 빛나는 눈동자와 또렷한 발자국과 뜨거운 울음이 문장 곳곳에 담겨 있었다. 자야 여사와의 사랑을 접은 백석은 압록강을 넘어 만주를 떠돌다가 해방 후에야 귀국했다. 그의 발길이 닿았던 만주 밀림엔 지금도 야생 호랑이가 서식하고 있다. 나라도 잃고 사랑도 실패한 시인이 타국의 밀림에서 포효를 들으며 식인 호랑이에 관한 소설을 번역하는 쓸쓸한 풍광이 오랫동안 내 마음을 떠나지 않았다.

영어와 일어에 능통했던 백석은 러시아어에도 조예가 깊었다. 솔로호프의 장편소설 『고요한 돈』을 번역한 뒤, 1950년대에는 집중적으로 러시아 시 번역에 매달렸다. 터키 시인 나짐 히크메트가 어떻게 백석의 눈에 띄었을까. 나짐 히크메트는 1950년 출옥한 뒤 이듬해 소련으로 망명하였다. 러시아어로 번역 출판된 히크메트 선집을 백석이 읽은 후 우리말로 옮긴 것이다. '옥중서한'으로 묶인 스물일곱 편의 시는 히크메트의 의지와 백석의 서정이 만나 눈부시다. 옥중시일 뿐만 아니라 끝까지 희망을 포기하지 않는 낙관적인 연시戀詩 모음이다. 사랑이 그를 견디게 한 것이다. 제23신을 읽는다. "내게는/행복으로 끝나는 책들을 보내달라/날개 부러진 비행기가/평안히 비행장에 돌아오도록,/수술실을 나오는 외과의의 얼굴이/기쁨으로 하여 빛나도록,/멀었던 어린애의 눈이 반짝 열리도록."

히크메트의 시들은 어떻게 내게로 왔는가. 영국과 러시아와 북한을 거쳐 잠언시에서 옥중시와 연시를 돌아 번역에 번역을 더하여 2013년 대한민국의 내게로 왔다. 좋은 시는 시공을 초월하여 독자의 영혼을 밝힌다고 믿은 지구 마을 역자들의 수고가 귀하다. 히크메트와의 네번째 조우를 기대하며 기다리는 늦가을 저녁이다. (2013)

『백석 번역시 선집』, 정선태 엮음, 소명출판, 2012
번역가로서 백석의 진면목이 드러난 선집이다. 단어에 민감하고 운율에 밝은 시인의 장점이 번역시에 고스란히 담겼다. 푸시킨, 히크메트와 같은 일급 시인들의 시를 번역한 경험이 백석의 시를 어떻게 변모시켰을까. 백석은 말년에 시를 접었을까 아니면 유작이 북쪽 어느 곳에 숨겨져 있을까. 번역시 선집을 읽은 후엔 백석이 번역한 숄로호프의 명작소설 『고요한 돈』(서정시학, 2013)으로 흐르는 것도 좋겠다.

거미가 사용하는 도구는
한 가닥 실이다

날고 싶다는 생각을 가끔 한다. 이곳이 아닌 어디, 계획도 예정도 없이 바람에 몸을 맡겨 허공으로 떠올랐다가 나를 아는 이 아무도 없는 곳에 내려 새 삶을 시작하는 상상. 무모하고 위험한 도전이란 비난이 들려온다. 날짐승이 아닌 이상 그렇듯 멀리 날 수 없다는 설명이 이어진다.

통섭의 주창자로 유명한 에드워드 윌슨의 첫 장편소설 『개미 언덕』에는 몇 킬로미터를 날아가는 어린 거미의 기막힌 여행이 담겨 있다. 우선 거미는 풀잎이나 관목의 잔가지까지 기어오른다. 사방이 트인 곳에 닿은 뒤 실 한 가닥을 공중으로 쏘아올린다. 그리고 공기의 흐름이 실을 위로 들어올리면서 잡아당길 때까지 기다린다. 그 힘이 체중을 넘어서면 거미는 여덟 개의 다리를 풀잎이나 가지에서 떼고 공기의 흐름에 몸을 맡긴다. 날아오르는 것이다.

조선 중기의 학자 화담 서경덕은 「김안국이 선물한 부채에 감사하다」란 시의 서문에서 이렇게 물었다. "부채를 저으면 바람이 생기는데, 이 바람은 어디로부터 나온 것인가?" 서경덕은 부채 속에 바람이 있었던 것이 아니며, 대공大空의 기氣가 부채로 인해 물결치듯 움직인 것이 곧 바람이라고 강조하였다. 기는 눈에 보이진 않지만 골짜기의 물처럼 천지에 꽉 차 있다는 주장이다. 기일원론氣─元論의 선구자답다.

부채를 지니지 않은 거미는 바람이 과연 맑고 고요한가 아니면 활발하게 움직이는가를 어찌 알까. 거미가 사용하는 도구는 흥미롭게도 한 가닥 실이다. 공중에 실 한 가닥을 하늘거리게 날려두곤 바람의 방향과 세기를 시시각각 측정하는 것이다. 그 실은 거미보다 수십 배 더 길며 얇고 가볍다.

일찍이 시인 진은영은 「긴 손가락의 시」에서 이렇게 적었다. "몸통에서 가장 멀리 있는 가지처럼, 나는 건드린다. 고요한 밤의 숨결, 흘러가는 물소리를, 불타는 다른 나무의 뜨거움을." 내 몸에서 가장 멀리 뻗어 나온 손가락으로 시를 쓰기 때문에 내가 몰랐던 일들이 흐르다가 손끝에 닿는 것이다. 두렵지만 매혹적인, 낯선 세계를 만지는 손가락의 끝에서 피어나는 '시간의 잎들'이 곧 시인 것이다.

세상의 기미를 알아차리기 위해 일상에서 가장 멀리 보내놓은 당신의 실 한 가닥은 무엇인가. 겨울잠에 드는 곰처럼 웅크린 채 가진 것들만 차곡차곡 품안에 채우고 있지는 않은가. 혹자는 이렇게 따질지도 모른다. 운 좋게 날아오르더라도 어떻게 무사히 내려올 수 있겠느냐고.

영화 〈그래비티〉에서 어김없이 드러나는 것이 중력의 힘이다. 우주 귀환선이 지상과 부딪치는 충격을 완화하려면 영화에서처럼 낙하산을 펴 공기저항을 키워야 한다. 다시 윌슨의 소설 『개미 언덕』으로 돌아가보자. 비상에 성공한 거미는 물론 활짝 펼 낙하산이 없다. 대신에 땅으로 내리기 위해 거미는 실을 아주 조금씩 먹어들어간다. 1밀리미터씩 실의 길이를 줄이면서 고도를 낮추는 것이다. 차츰차츰 내려갈수록 점점 위태롭다. 나무나 바위에 부딪쳐 죽기도 한다. 그러나 무사히 땅에 내리면 새로운 기회가 거미를 기다린다.

내 집필실 벽엔 김영갑의 사진으로 만든 캘린더가 걸려 있다. 달마다 풍경은 바뀌지만, 사진 속을 가득 채우고 사진 밖의 나까지 흔들어대는 기운은 달라지지 않는다. 그것은 제주의 바람이다. 바람의 사진들을 넘기며 상상한다. 무거운 사진기를 쥐고 홀로 길을 나서는 사내. 어떤 날은 바닷가로 어떤 날은 오름으로 또 어떤 날은 한라산으로 간다. 그리고 예민하게 그렇지만 고요히 기다린다. 오감을 활짝 열어두고 육지와는 다른 바람의 움직임을 느낀다. 드디어 바람이 몰려오면 바람과 더불어 날고 바람과 더불어 휘돌며 새로운 체험을 완성한다. 병이 깊어 더이상 걷지 못할 때에도 바람을 타고 오르내리기를 멈추지 않았다. 그래비티 혹은 내게 주어진 절대 조건마저 극복하려는 마음! 거미에게 실이었던 것이 김영갑에겐 사진기였다.

인간은 별을 우러르지 않고는 살 수 없는 족속이다. 별을 가슴에 품고 지금 여기가 아닌 다른 땅을 열망하며 두 발을 떼는 무모한 짐승이란 뜻이다. 바람이 분다, 날아야겠다. (2013)

『개미언덕』, 에드워드 윌슨, 사이언스북스, 2013
통섭을 주창한 생물학자의 첫 장편소설. 개미의 이야기, 인간의 이야기, 개미와 인간이 함께 살아가는 이야기가 뒤섞여 전개된다. '제4부 개미언덕 연대기'는 독립된 소설로도 손색이 없을 만큼 전문가의 솜씨가 번뜩인다. 근거지를 달리하는 각 개미 군락의 탄생과 성장과 쇠락과 소멸은 왕조의 역사와 비슷하다. 베르나르 베르베르의 『개미』(열린책들, 2001)와 비교하며 읽어도 좋겠다.

실패한 곳으로 돌아가고,
성공한 곳은 떠나라

출판 기념회에 들렀다가 군무群舞를 춘 적이 있다. 흰 벽엔 영화의 한 대목이 반복해서 나왔다. 산전수전 다 겪은 늙은이가 깔끔한 젊은이에게 바닷가에서 춤을 가르쳤다. 인간의 신들린 역사를 기록하듯 기민하고 맹렬한 스텝이다. 그 영화의 제목은 〈그리스인 조르바〉였고, 조르바 역의 안소니 퀸은 광산 사업에 실패한 후에도 눈물을 쏟거나 절망하지 않고 한판 멋진 실패자의 춤을 선보이는 중이었다.

"실패한 곳으로 돌아가고, 성공한 곳은 떠나라". 이 크레타 격언은 니코스 카잔차키스가 쓴 또다른 작품 『영혼의 자서전』(열린책들, 2009) 프롤로그에 등장한다. 몇 년 전 어느 시인은 내게 시집을 건네며 첫머리에 이런 격려의 말을 적어주기도 했다. "자기만의 방식으로 더 낫게 실패하라".

기획의 시대가 온 탓일까. 기획 관련 전문서 발간에 강연과 워크숍이 부쩍 늘었다. 설명의 대부분은 성공 사례와 실패 사례로 채워지고, 절대로 실패하지 않으려면 알아야 할 원칙과 반드시 성공하려면 외워야 할 법칙으로 마무리된다. 그러나 내겐 성패의 파노라마보다 '두 겹의 기획'이 더 소중하다.

먼저 우리는 일터에서 자신의 업무와 관련된 기획을 한다. 결과는 정해진 틀 안에서 곧 나온다. 성공엔 그만큼의 보상이 따르고 실패엔 그만큼의 질책이 쏟아진다. 실패를 성공으로 바꾸기 위해 절치부심 다시 도전한다. 그리고 아쉽게 실패하거나 멋지게 성공한다. 슬픔과 기쁨은 잠시뿐이다. 이튿날 출근하면 새로운 기획을 다시 만들어야 한다. 나 역시 등단 직후엔 그랬다. 내가 쓰는 장편소설의 성패에 예민했으며, 결과가 나온 후엔 그다음 장편소설로 곧장 달려가서 또 어떤 승부를 보려 했다. 그렇게 이야기를 기획하고 만드는 일에 몰두할 때, 어느 영화인으로부터 짧은 충고를 들었다. "소비되지 마시길!"

창작, 그러니까 생산에 매진한다고 자부한 나로선 충격이었다. 책상 위에 놓인 작품에만 집중하고 내 인생엔 무심했던 것이다. 이야기를 무턱대고 만드는 동안 인생은 소비되고 있었다. 삶의 가치를 어디에 둘 것인가. 또 그 가치를 추구하기 위해 남은 나날을 어떻게 꾸릴 것인가. 새로운 물음이 얼음송곳으로 날아들었다.

그후로도 어떤 작품은 성공을 거두었고 어떤 작품은 실패했다. 그러나 각각의 성공과 실패는 절대적인 가치를 띠지 않고 인생이라는 또다른 기획 속으로 자리를 옮겼다. 소비되지 않는 방법도

두 가지 찾았다. 하나는 평생 즐길 이야기를 골라 읽을 시간을 확보하는 것이고, 또하나는 트렌드란 곧 삶의 본질이기에 인간이란 생명체의 보편적 고민들을 공부하는 것이다. 이 기획은 맞견주어 높낮이를 따질 수 없는 오롯이 나만의 일상이다.

『이야기하기 위해 살다』(민음사, 2007). 이보다 멋진 소설가의 자서전 제목은 드물리라. 그런데 출간된 책은 마르케스의 삶 전체를 포괄하지 않았고 소설가로 입문한 청년기까지만 다룬 1부다. 작가는 전성기와 완숙기 역시 풍부하게 이야기로 옮길 준비를 마쳤지만, 안타깝게도 병이 깊어 더이상 기억을 풀어나가기 힘든 상황이라고 한다. '기억의 제왕'이 자신의 지난 날을 글로 옮기지 못하고 스러지는 것, 그것이 또한 작가의 삶이다. 내가 완성시키지 못하고 남길 이야기는 무엇일까. 왜 나는 그것을 미완으로 두게 될까.

다시 한 번 『영혼의 자서전』에 기대어 예정된 미완을 설명하고 싶다. 카잔차키스는 주장한다. 모든 인간은 십자가를 지고 자신만의 골고다 언덕을 오른다고. 그 역시 '크레타의 경지境地'라고 부른 정상에 다다르기 위해 평생을 오르고 또 올랐노라고. 뜻밖에 찾아든 병마와 갑작스러운 죽음은 이 '오름'에 포함된 가장 어두운 조건들일 뿐이다. 마르케스도 카뮈도 카잔차키스도 이 길로 용맹 정진했다. 작품이라는 붉은 발자국이 멈춘 자리, 내딛지 못한 비탈을 바라보며 안타까워하자. 그리고 기억하자. 고통을 견디며 미완을 예감하면서도 오름을 멈추지 않은 한 인간의 긍지를.

그리하여 우리의 조르바는 신에게 이렇게 외치듯 춤추었다.

"당신이 날 어쩔 수 있다는 것이오? 죽이기밖에 더 하겠소? 그래요. 죽여요. 상관 않을 테니까. 나는 분풀이도 실컷 했고 하고 싶은 말도 실컷 했고 춤출 시간도 있었으니…… 더이상 당신은 필요 없어요." (2013)

『그리스인 조르바』, 니코스 카잔차키스, 이윤기 옮김, 열린책들, 2009

자유를 닮은 소설. 말하기 전에 움직이고, 움직인 뒤 이야기를 늘어놓기에 주저하지 않는 사내의 이야기다. 속세에 살지만, 속세의 어떤 굴레에도 묶여 있지 않다. 작은 성공에도 춤추고 큰 실패에도 춤춘다. 숨어 있는 성자, 조르바와 같은 사내는 그리스에만 있는 것은 아니다. 양귀자의 중편소설 「숨은 꽃」을 함께 읽으면 좋겠다.

삶은 내가 쓰는
문장 속에 있다

최인호 선생님의 부음을 접한 밤 아무것도 쓰지 못했다. 다음
날 눈을 뜨자마자 두 문장이 내 안에서 흘러나왔다. '쓴다'의 주어
로 산다는 것이 무엇인지 알려주셨던 분. '쓴다'의 주어로 죽는다
는 것은 무엇인지 생각하는 아침이다.

조너선 스펜스의 『룽산으로의 귀환』은 명말청초를 살다 간 장
다이(張岱, 1597~1680)를 다룬 책이다. 장다이가 마흔여덟 살 되던
해인 1644년 명나라 멸망을 기점으로 그의 삶은 둘로 나뉜다. 전
반기 그의 삶을 지배한 것은 '쾌락'이다. 민물게 시식 동호회, 투
계 동호회 등을 만들어 즐기며 놀았다. 취향에 따라 이디든 가고
무엇이든 가졌다. 돈도 시간도 여유로운 시절이었다.

후반기 그의 삶을 지배한 것은 '기억'이다. 명나라가 망하고 청
나라가 득세하는 와중에 그의 가문은 몰락했다. 불편한 잠자리와

거친 음식, 이웃의 비웃음과 경멸이 이어졌다. 개인에 대한 기억, 가문에 대한 기억, 국가에 대한 기억을 쓰는 일이 인생의 바닥에 떨어진 장다이에게 그래도 살아야만 하는 이유였다. 병이 들어도 변변한 약 한 첩 마련할 돈이 없었지만, 장다이는 자포자기하지 않고 하루하루 최선을 다했다. 삶은 내가 쓰는 문장 속에 있고 나머지는 모두 사소하다는 자세로 거대한 기억의 책을 완성한 것이다.

그는 근사한 삶의 교훈 대신 일곱 가지 인생의 역설(七不可解)에 닿았다. 나는 종종 차를 마실 때마다 만년의 장다이를 상상하며 그의 일곱번째 역설을 음미한다.

"일곱째는 이렇다. 바둑을 두거나 주사위노름을 할 때 그는 이기는 것과 지는 것의 차이를 몰랐다. 그러나 차 끓일 물을 맛볼 때는 어느 샘의 물인지 능히 구분할 수 있었다. 따라서 그에게는 지혜로움과 어리석음이 공존했다."

고려 말, '쓴다'의 주어들 중 이숭인을 빼놓을 수 없다. 『도은집 陶隱集』에는 시 한 편을 짓기 위해 읽고 여행하고 묻고 퇴고하는 시인의 모습이 담겨 있다. 그 역시 이기고 지는 싸움에는 능하지 않았다. 당대의 석학 목은 이색의 문하로 열여섯 살 어린 나이에 등과했으나 하옥과 유배로 긴 세월을 보냈고, 정몽주와 뜻을 같이한다는 이유로 끝내 유배지에서 목숨을 잃었다. 명나라로 보내는 표문表文을 도맡아 쓸 만큼 글재주가 출중했으며, 차와 함께 샘물까지 병에 담아 벗에게 선물하고 또 그것을 시로 남길 만큼 섬세하고 따뜻한 사람이었다. 눈 내리는 겨울밤 홀로 등잔불 아래 머물

땐 정몽주, 정도전, 김구용, 이집 등을 그리워하며 그들과 함께 지 낸 시절의 기억을 완려婉麗한 시로 옮기곤 했다.

기억을 저장하기 위해 종이에 '쓴다'고 답하던 시절에서 컴퓨 터 자판에 '친다'로 바뀌었다가 이제는 스마트폰으로 사진이나 동 영상을 '찍는다'는 이들이 점점 늘고 있다. 다큐멘터리 〈모래가 흐르는 강〉은 기억을 '찍는다'는 말과 매우 잘 어울리는 작품이 다. 지율 스님은 4대강 사업으로 인해 달라진 내성천의 어제와 오 늘을 카메라에 담았다. 스님은 너무나도 열심히 혼자서 천변을 걷 고 산을 기어오르고 또 공사가 한창인 중장비들을 찍는다. 영화에 서 가장 잊히지 않는 장면은 조금 무심한 듯 카메라가 멈춘 채 들 여다본 강이다. 모래가 흘러가며 시시각각 조금씩 바뀌는 물속 풍 광은 그 자체로 변화무쌍한 추상화다. 아름답다!

장다이, 이숭인이 글을 쓰고 지율이 다큐멘터리를 찍은 까닭은 포기할 수 없는 아름다움 때문이리라. 지금의 나를 만든 아름다움 을 내 안에만 두지 않고 타인에게 전하기 위한 노력이 작품 곳곳 에 남아 있다. 이것은 또한 그 작품을 음미하는 이들을 향한 은근 한 요구이기도 하다. 당신이 원하는 아름다움을 보여달라. 그러면 당신이 어떤 사람인지 말해주겠다. 더 완벽한 작품을 위해 마음은 바쁘고 몸은 분주하다.

이숭인은 또한 적었다. "군자는 의로움에 급급히고 소인은 이 로움에 급급하다. 의로움과 이로움에서 순 임금과 도척이 갈라진 다." 최인호 선생님의 노작들 앞에서 질문이 많아졌다. '쓴다'의 주어가 짊어져야 할 의로움이란 무엇일까. 아름다움을 갈망하고 발견하고 창조하는 데 급급한, 퇴고가 불가능한 삶 자체가 아닐까. 당신은 오늘 홀로 무엇을 쓰고 치고 찍을 것인가. 이 아름다움만은 목숨이 다하는 그날까지 지켜내자고, 목소리 낮추어 주장할 것인가. (2013)

『룽산으로의 귀환』, 조너선 D. 스펜스, 이준갑 옮김, 이산, 2010
멸망한 나라에서 태어나 건국한 나라에서 살다 간 사내에 관한 연구서. 명나라에서 풍족하게 살며 취향에 따라 각종 문화생활을 즐긴 장다이는 청나라가 들어서자 몰락하여 가난뱅이로 전락한다. 명나라 사람으로서 행복했던 자신과 가문, 나아가 명나라 자체의 역사를 기억과 사료를 오가며 방대한 기록으로 남겼다. 기억은 힘이 세지만 장다이의 후반생은 쓸쓸하다.

법칙을 이끌어내는 건
경험이다

　생텍쥐페리가 조종했던 초기 남방 우편기들은 유럽에서 아프리카를 경유하여 남미까지 오갔다. 이 비행기들은 기체 결함이나 조종 실수로 낯선 땅에 종종 불시착했는데, 사하라 사막도 그중 하나다.

　조종사는 부서진 비행기와 우편물을 남겨두고 지도와 나침반을 챙겨 떠났다. 처음에는 모래 언덕만 넘어도 불안하여 고개를 돌렸다. 조금 더 가면 오아시스에 닿을 것 같기에 점점 멀리 오래 갈증을 참으며 나아갔다. 운 좋게 마을에 닿는 이도 있지만 열에 아홉은 작열하는 모래에 쓰러지곤 다시 일어서지 못했다. 비행기 그늘에 숨어 기다렸어야 한다거나 사막의 열기를 충분히 감안하여 탈진하기 전에 되돌아왔어야 한다는 지적이 쏟아졌다. 사라진 동료의 비행기에서 우편물을 챙겨 비행에 나선 조종사의 의견은

달랐다. 언제 올지 모르는 구원의 손길을 기대하며 서서히 죽어가느니 한 걸음이라도 살 궁리를 하는 편이 낫다. 불시착을 각오하고 남방 우편기를 조종한 의지로 사막을 헤맬 용기를 낸 것이다. 충동이나 조급증이 아니라 준비된 모험이라는 주장이다.

마르그리트 유르스나르는 『하드리아누스 황제의 회상록』에서 "수영하는 사람에서 파도로 이행하는 순간들"이라고 적었다. 처음부터 모험가를 자처하는 이는 드물다. 생계를 위해서든 삶의 화두를 풀기 위해서든 각자의 직업에 충실하다가 모험에 가닿는 경우가 대부분이다. 예나 지금이나 지인들은 안전하고 편한 길을 권한다. 그러나 생텍쥐페리는 남방 우편기를 몰았고 혜초는 천축국으로 떠났다. 그들의 목적은 명확했다. 우편기 조종사는 우편물을 무사히 전달해야 했고 학승은 석가모니의 일생이 고스란히 담긴 성지를 빠짐없이 순례해야 했다.

목적이 분명하더라도 길 위의 우연들을 예측하긴 어렵다. 작은 비행기 안에서 생텍쥐페리는 한낮의 평원을 굽어보고 어둠 속 별빛에 젖어들었다. 발바닥을 대지에 딱 붙이고 사는 이들은 결코 알 수 없는 풍광이 한순간에 압도해왔다. 그날부터 이 예민한 조종사는 돈벌이가 아니라 천지의 변화무쌍함을 만끽하고 또 문장으로 옮기기 위해 조종간을 끝까지 놓지 않았다. 혜초의 발길은 성지인 인도에 그치지 않고 계속 서진하여 지금의 이란 지역 파사국波斯國에 이르렀다. 그는 이교도의 풍속과 그들의 마을을 편견 없이 건조하게 적었다. 불교 사찰들만을 옮겨다닌 당나라 승려 현장의 천축국 기행과는 아주 다른 행보였다. 혜초는 왜 거기까지 갔을까.

미리 품은 목적은 완수했지만 모험은 끝나지 않았다. 그날그날 만나는 세계가 새로운 모험의 대상이자 목적이 된 것이다. 아름답고 밝은 날보다 추하고 어두운 날이 많았다. 벗으로 다가온 이가 강도로 돌변했고 값을 내고 얻은 물엔 독이 가득했다. 이 어둠의 참담하고 갑작스러운 최후를 전하는 이야기를 만나기는 어렵지 않았다.

두려운 상상을 누르고 모험을 이어간 이들에게만 소멸의 의미가 차츰 달라졌다. 최악의 결과가 아니라 늘 따라다니는 그림자. 많은 사람들이 벌써 이곳에서 사라졌다. 아니 이 하늘의 해와 달과 별, 저 대지의 풀과 꽃과 나무도 사라지고 또 사라졌다. 작아진다는 것 잊힌다는 것이 나란 인간을 감쌌다. 불멸을 향한 안간힘이 무너졌다. 비유가 사실이 되었다. 너는 이 늪으로 빠져들면 안 되겠는가. 너는 저 폭풍으로 휘돌면 안 되겠는가. 삶과 죽음, 생물과 무생물, 단절과 지속, 유의미와 무의미의 경계가 흐려졌다. 소설 『야간 비행』(소담출판사, 2000)에서 항공우편국 책임자 리비에르는 강조했다. "법칙을 이끌어내는 건 경험입니다. 법칙을 아는 것이 결코 경험을 능가할 수 없지요."

구사일생으로 돌아온 이들 중 몇몇이 비로소 모험가를 자임했다. 분초를 다퉈 일상의 주기를 정히고 결과를 확인하려드는 나날이건만, 모험가들은 회귀를 확신하기 어려운 비주기 혜성처럼 표표하다. 그 혜성은 천 년 혹은 만 년 후에 돌아올 수도 있고 어느 행성에 이끌려 궤도를 바꿀 수도 있고 또 어느 행성과 부딪쳐

산산이 흩어질 수도 있다. 중요한 사실은 빛나기 전에도 혜성은 긴 어둠을 홀로 움직인다는 것이다. 과정이 아니고는 의미가 생겨나지 않는다. 일생을 모험하라! (2013)

『하드리아누스 황제의 회상록』, 마르그리트 유르스나르, 곽광수 옮김, 민음사, 2008

1인칭 고백체 소설의 전범이다. 로마의 오현제 중 세번째 황제 하드리아누스를 문장으로 담아내기 위해 소설가는 로마의 모든 것을 읽고 보고 배우려 몸부림쳤다. 느리고 유장하면서도 삶의 혜안이 곳곳에 징검다리처럼 놓여 있다. 마르쿠스 아우렐리우스 황제가 직접 쓴 『명상록』(숲, 2005)과 함께 읽으면 좋겠다.

진짜 고독한 사람들은
쉽게 외롭다고 말하지 못한다

여름 내내 저물 무렵 한 시간 남짓 걸었다. 팔다리를 휘휘 저으며 심심풀이로 들으려고 팟캐스트 방송을 골랐다. '정은임의 영화음악'이 눈에 띄었다. 지금으로부터 21년 전 1992년 11월 2일 첫 방송부터 1995년까지, 그리고 8년을 건너뛰어 2003년부터 2004년까지 애청자의 밤잠을 앗아간 방송이다.

오랜만에 정은임 아나운서의 목소리나 들어볼까 하고 구독 목록에 넣었다. 패널로 나온 정성일 평론가와 박찬욱 감독의 목소리도 그리웠다. 그러다가 어느새 이 방송을 매일 한 회씩 오롯이 듣기 위해 산책을 나서게 되었다. 중독이었다.

먼저 '뜨거움'이 나를 휘감았다. 등장하는 목소리가 전부 진지하고 순수했다. 영화가 이 시대에 무엇을 할 것인가를 거듭 질문하며, 애청자들도 이 물음에 동참하도록 권하고 때론 강요했다.

거침없는 비판과 따뜻한 상찬, 뻔뻔한 호기심과 '영화가 수준 이하라는 건 우리 사회가 수준 이하라는 겁니다'라는 선언이 불꽃처럼 휘날렸다.

달콤한 추억 대신 서늘한 기시감을 선사하는 대목이 잇달았다. 2003년 10월 22일 정은임은 이런 이야기로 방송을 시작한다. "새벽 3시, 고공 크레인 위에서 바라본 세상은 어떤 모습이었을까요. 백여 일을 고공 크레인 위에서 싸우다가 홀로 목숨을 끊은 사람의 이야기를 접했습니다. 그리고 생각했습니다. 올 가을에는 외롭다는 말을 아껴야겠다구요. 진짜 고독한 사람들은 쉽게 외롭다고 말하지 못합니다. 조용히 외로운 싸움을 계속하는 사람들은 쉽게 그 외로움을 투정하지 않습니다. 지금도 어딘가에 계시겠죠?" 노동자 김주익의 죽음이 거기 있었다. 김진숙과 희망버스. 그리고 지금의 몇몇 싸움은 10년 전보다 나아진 것이 없었다.

1994년 10월 5일, 정성일이 2년 동안의 패널을 마치며 들려준 긴 고백도 내 서툰 산책을 멈추게 했다. 1970년대와 1980년대를 관통하면서 그를 매혹시킨 영화들이 차례차례 등장했다. 아마추어 영화광에서 영화평론가로, 하여 훗날 영화감독으로 나아가는 명민한 영혼이 그 속에서 반짝였다. 이 아름다운 회고는 옳고 그름을 가르고 걸작과 졸작을 지적하는 날카로움을 잃지 않았다. 영화 〈시네마 천국〉을 싫어하는 그답게, 영화만 좋으면 만사형통이란 입장을 최악으로 꼽았다.

기억할 만한 흐느낌도 있었다. 10월의 마지막 밤, 리버 피닉스의 때 이른 죽음이 떠오를 때면 일부러 밝은 목소리로 경쾌한 곡들을 골라 틀기도 했다. 그러나 곧 웃음은 떨리는 목소리에 이끌려 슬픔에 빠졌다. 〈허공에의 질주〉의 마지막 장면에서 도망자인 가족과 이별하는 리버 피닉스는 우리들의 초상이었다. 혼자 낯선 길을 걸어가다가 혼자 쓰러져 길 위에서 마지막을 맞이하는 어떤 일생!

방송은 끝났고 정은임은 불의의 사고로 2004년 8월 우리 곁을 떠났다. 그리고 우리는 각자의 삶을 살았다. 영화를 보고 라디오에서 흘러나오는 영화음악을 듣고 또 가끔은 이 방송 덕분에 알게 된 키에슬롭스키 감독과 타르콥스키 감독의 작품들을 꺼내보기도 했다. 그러나 나는 정말 몰랐다. '정은임의 영화음악'이 추억의 매개가 아니라 20년 혹은 10년의 시간 차이를 훌쩍 뛰어넘어 지금 여기의 나를 흔들며 찌를 줄을.

인생이란 내면의 소리를 만드는 나날이 아닐까. 세상의 소리는 많지만 내 귀를 기울이게 만드는 소리는 지극히 적다. 어떤 소리는 매일 찾아와도 스치듯 사라지고 어떤 소리는 일생에 단 한 번 닿더라도 심신을 온통 울려댄 후 내 안에 머무른다. 그렇게 바뀐 내면의 소리는 또 언젠가 바깥으로 흘러나가 타인의 영혼을 울리고 그 내면에 둥지를 튼다. 누구에게나 가능한, 이 신비로운 안과 밖의 공명共鳴은 인간을 인간답게 만든다.

당신을 흔드는 소리가 들려오면 걸음을 멈춘 후 이 소리가 하필 당신을 감동시키는 이유를 따져보아야 한다. 정은임은 '영화를 사랑하는 첫번째 방법은 영화를 두 번 보는 것'이라는 트뤼포 감독의 명언을 자주 인용했다. 두 번 보고 두 번 들을 때 비로소 처음 보이고 처음 들리는 법이다. 오래전 즐긴 라디오 방송을 팟캐스트로 다시 들은 덕분에 내면의 소리를 하나 더 찾았다. 살은 빠지지 않고 귀만 예민해진 여름 황혼의 일이다. (2013)

『언젠가 세상은 영화가 될 것이다』, 정성일, 바다출판사, 2010
영화평론가이자 영화감독 정성일의 첫 영화평론집. 정은임 아나운서를 옆에 앉혀두고, 라디오에서 쉼 없이 영화를 논하던 그의 목소리, 그의 열망, 그의 분노, 그의 미련이 고스란히 담겼다. '언젠가 세상은 소설이 될 것이다'라는 긴 글을 써보고 싶을 만큼. 한국 영화 비평만 따로 모은 『필사의 탐독』(바다출판사, 2010)도 필히 읽길 권한다.

글을 쓰는 한
우리는 젊은 영혼이다

가을이 왔다. 가을만 독서의 계절일 까닭은 없지만 스산한 바람과 함께 책 한 권 들고 싶은 마음이 인다. 최근엔 가을을 즐기는 방법이 하나 더 늘었다는 풍문이다. 책읽기로 만족하던 이들이 글쓰기를 시작했다는 것이다. 다양한 인터넷 매체에서 때론 서평으로 때론 여행기로 때론 사진글로 솜씨를 뽐낸다.

글을 돋보이게 만드는 프로그램도 속속 등장하고 있다. 장소별 날짜별 인물별 주제별 갈무리도 가능하고 근사한 배경음악도 쉽게 깔고 각자의 개성에 어울리는 글씨체도 선택의 폭이 제법 넓다. 이렇듯 혼자서도 얼마든지 글을 싣고 꾸밀 수 있지만 글쓰기 강좌와 스토리텔링 서적들은 오히려 느는 추세다.

소설가로 15년 남짓 살아온 탓에 글쓰는 비법을 가르쳐달라는 부탁을 종종 받는다. 심심한 결론부터 밝히자면 전업 작가도 여러

분과 똑같이 글 앞에선 막막하다. 비법 따윈 없다. 그렇다고 미리 실망하진 마시라. 글쓰기를 꾸준히 향상시키는 몇 가지 '자세'를 찾는다면 감히 알려드리고 싶은 문장이 셋 정도 있다.

먼저, 글감이 떠올랐다고 곧바로 쓰지 말라! 사랑을 잃거나 짙은 음악을 안주 삼아 술을 마시거나 아득한 밤바다를 바라보노라면 글감이 뒤통수를 친다. 이걸 쓰리라! 서둘러 컴퓨터 앞에 앉거나 공책을 펴거나 하다못해 화장지에 대고 뭔가를 끼적이기 시작한다. 그러나 그렇게 시작하는 글은 아침 햇살 속으로 스러진다. 지난밤 자신만만하게 쓴 연애편지를 다음날 아침 띄우기 전에 찢어버린 것이 나만의 경험일까. 그 아침을 견딘다고 해도 용두사미를 벗어나기 어렵다.

글감이 뒤통수를 치면 열 걸음 물러서야 한다. 좋은 글감을 초고로 옮기기 전에 관련 자료를 찾고 전문가를 만나고 답사를 떠나야 한다. 쓰고 있지 않다고 두려워 말라. 여러분은 이미 글을 쓰기 위한 과정으로 깊숙이 들어와 있다.

둘째, 글쓰기 위한 공간을 꾸며라! 거창한 작업실을 만들라는 뜻이 아니다. 작은 방 한구석에라도 지금 쓰고 있는 이 글에게서만 자극받을 공간을 확보하라는 것이다. 관련 서적과 논문을 책장에 꽂고, 지도와 사진을 벽에 붙이고, 인물 관계도와 캐리커처를 책상 유리 밑에 끼워라. 글을 쓰는 동안 마음을 가라앉힐 잔잔한 음악도 고르고 지칠 때 홀짝홀짝 들이켤 커피도 사라. 글쓰기 외엔 아무 짓도 할 수 없는 무인도를 만드는 것이다. 그곳에 머무는 것만으로도 문장이 흘러나올 것 같지 않은가.

118

셋째, 개악改惡의 순간까지 고쳐라! 일찍이 헤밍웨이는 세공이 끝난 보석인 양 초고를 떠받드는 이들을 향해 "모든 초고는 걸레"라고 일갈했다.

퇴고는 맞춤법이나 띄어쓰기 교열이 아니다. 글쓴이는 퇴고하는 내내 낮은 포복으로 눈 덮인 험한 산을 오르듯 불행하다. 초고에서 손 볼 곳이 전혀 없으면 부족한 부분을 발견하지 못하고 지나친 것이 아닌가 걱정하고, 수정할 곳이 너무 많으면 초고의 수준이 형편없다는 사실에 마음 상한다. 글쓴이는 이 중첩된 불행을 견디며 다양한 각도에서 초고를 고쳐나가야 한다. 그물망처럼 에워싸지 않는다면 미꾸라지처럼 빠져나가는 초고의 약점들을 잡아내기 어렵다. 소설이나 시나리오에선 구성, 등장인물, 갈등, 주제, 배경 등을 퇴고할 때마다 집중적으로 검토할 필요가 있다. 초고의 절반 이상이 퇴고 과정에서 바뀌는 경우도 많다. 퇴고를 끝마치기 직전 모든 요소들이 제자리를 찾은 후에야 문장 검토가 가능하다.

글은 왜 쓰는가. 흔들리기 위해서다. 흔들리지 않는 이는 지금 거둔 수확이 전부라고 자만하지만, 1밀리미터라도 영혼이 흔들리는 이는 파릇파릇한 잎들 모두 떨어뜨리고 헐벗은 몸으로 추운 겨울을 기다릴 줄 안다. 그리고 이 겨울을 이기면 찬란한 봄과 더운 여름이 오리라는 것을 지나간 시절을 돌아보며 짐작한다. 글을 쓰기 위해서는 글쓴이의 영혼이 먼저 흔들려야 하고, 또 이를 통해 읽는 이의 영혼을 흔들어야 한다. 글을 쓴다고 행복을 약속하긴 어렵지만, 삶의 우여곡절을 스스로 감내할 힘과 용기를 준다.

궁극의 흔들림 속에서 우리는 인생이라는 여행을 먹먹하게 떠나는 것이다.

글을 쓰는 영혼은 젊은 영혼이다. 텔레비전도 끄고 게임기도 저만치 밀어두고 책마저 덮은 뒤 하루에 30분이라도 홀로 빈방에서 자신의 내면 풍광을 들여다보며 단어를, 문장을, 문단을 길어 올리는 것은 어떨까. 램프 아래에서 바삐 움직이는 당신의 손가락이 무척 곱다. 바야흐로 집필의 계절 가을이 왔다. (2011)

『그림 여행을 권함』, 김한민, 민음사, 2013

그림을 그리며 여행하길 권하는 책. 그림을 그려나가면 글이 따라온다. 핸드폰 사진 몇 장에 만족한 채 지나치지 말고, 한 장소에 오래 머무르는 것이 중요하다. 손을 놀려 그곳의 느낌과 이야기를 내 마음으로 집중해서 옮기는 작업이기도 하다. 무엇이 나를 이끄는가. 무엇이 내 가슴을 뛰게 만드는가. 무엇이 내게 되살아나는가. 김한민이 편역한 『페르난두 페소아―페소아와 페소아들』(워크룸프레스, 2014)도 함께 읽으며 새로운 글쓰기를 고민하면 좋겠다.

이 길에서 저 길까지, 혜초는 그저 걸었다

유럽에 마르코 폴로가 있고, 중국에 현장이 있다면, 우리에겐 혜초가 있다. 그들의 여정이 담긴 지도를 겹쳐놓고 비교해도 혜초의 스케일은 다른 여행가에게 전혀 밀리지 않는다. 『서유기』(문학과지성사, 2010)에 등장하는 삼장법사의 실제 모델인 현장은 바닷길을 가지 않고 불교가 전파된 지역만 육로로 살피고 돌아왔다. 실크로드의 바닷길과 사막길을 모두 누비고 여행기를 남긴 이는 혜초가 처음이다.

가고 싶은 곳과 갈 수 있는 곳이 다르듯이, 쓰고 싶은 작품과 쓸 수 있는 작품은 다르다. 평생 쓰기를 갈망하지만 끝내 도진을 못하는 작품도 있는 법이다. 내게는 혜초를 소설로 옮기는 일이 그랬다. 스무 살에 처음 『왕오천축국전』을 읽었고, 서른 살에 소설 구상을 마쳤지만, 마흔 살에야 집필을 시작한 소설. 20년 동안 대여행가 혜초는 내 앞을 밝히는 등불이자 도전하고픈 거대한 적이었다. 나는 왜 혜초(704~780)에게 매혹되었을까. 무엇보다도 우리가 '젊음'이라고 아끼는 것들을 통일신라시대의 학승이 고스란히 지니고 있었기 때문이다. 상상을 초월한 이 젊음의 장쾌함은 어디서 비롯되었을까.

723년 여행을 시작할 때 혜초의 나이는 불과 열아홉 살이었고, 727년 당나라 안서도호부 쿠처에 도착했을 때는 스물세 살에 지나지 않았다. 5년도 되지 않는 짧은 기간 동안 인도를 거쳐 지금의 이란까지 나아갔다가 파미르 고원을 넘어 타클라마칸 사막을 건너왔다. 다른 여행가들이 마음에 드는 도시 혹은 사찰에 몇 달 혹은 몇 년 씩 머문 것에 비해, 혜초는 여독을 풀고 새로운 여행을 준비하는 짧은 휴식처로만 낯선 마을들을 여겼다. 이 길에서 저 길까지 쉼 없이 걷는 혜초를 상상하며, 나는 농담 반 진담 반 그를 한반도 출신 최초의 배낭족이라고 부르곤 했다.

혜초의 매력은 그가 쓴 여행기 『왕오천축국전』에서 뿜어나온다. 세상의 모든 여행기는 『열하일기』(돌베개, 2009)와 『왕오천축국전』 사이에 놓인다. 순간순간 닥쳐오는 새로움들을 다채로운 형식과 문체로 오롯이 담아낸 것이 『열하일기』라면, 그 모든 다양함에서 핵심만 뽑아내어 간명한 단 하나의 형식과 문체로 정리한 것이 『왕오천축국전』이다. 또한 혜초는 자신이 직접 체험한 것과 여행중에 전해 들은 정보들을 엄격하게 분리하여 적었다. 체험과 견문이 뒤섞여 실제 여정을 파악하기 힘든 몇몇 여행가들과는 확연히 구분되는 정직함이다.

2007년, 나는 '혜초의 길'로 답사를 떠났다. 경주를 시작으로 인도와 이란과 우즈베키스탄을 거쳐, 타클라마칸 사막 도시 쿠처를 거쳐 마지막으로 도착한 곳이 둔황이었다. 답사는 힘겨웠지만 감히 불편함을 내색할 순 없었다. 우리가 버스와 기차와 비행기로 옮겨간 길들을 혜초는 오로지 두 발로 걸어서 지났다. 가장 추운 땅에서 가장 더운 땅까지, 넓디넓은 대로에서 인간의 족적이 사라진 길 아닌 길까지. 죽음이 이마를 비벼댈 때도 많았으리라. 혜초는 대부분의 여행기에 그득 차고 넘치는 길 위에서의 희로애락을 담지 않았다. 그 모든 아우성들을 침묵의 영역으로 밀어넣은 혜초는 담담하게 "북쪽으로 이레를 가면" "서쪽으로 한 달을 가면"이라고 적었다. 나는 이 단순한 문장들의 무게를 혜초의 길을 따르며 뒤늦게 깨달았다. 공포와 배고픔과 슬픔을 감추기란 얼마나 어려운가. 그러나 혜초는 손끝까지 밀려온 감정을 거친 발바닥으로 밟은 채 지나갔다. 이 참기 힘든 고통마저도 수행의 과정으로 받아들인 학승의 젊음이 빛나는 대목이다.

혜초의 길에서 한반도를 떠나온 또다른 선조들과 조우했다. 둔황 석굴은 물론이고 우즈베키스탄 사마르칸트의 아프라시압 벽화에서도 조우관을 쓴 이들이 나를 향해 서 있었다. 실크로드에서 그들이 겪은 파란만장한 일들을 유장한 이야기로 어서 풀어달라는 소리가 귀에 쟁쟁거렸다. 『왕오천축국전』은 그 이야기 길의 충실한 안내판이기도 했다.

『실크로드의 악마들』(사계절, 2000)이란 책에서 보듯이, 실크로드를 여행한 근대 서구의 모험가들 중에서 상당수가 그곳의 벽화, 석상, 전적 등을 약탈해갔다. 프랑스인 펠리오 역시 그중 한 사람이었다. 그가 둔황 17호 석굴에서 가져간 두루마리 중에 『왕오천축국전』도 포함되어 있었다. 어둡고 텅 빈 석굴을 바라보고 있자니 참담했다. 문화재들이 처음 탄생한 자리에 있지 않고 제국의 웅장한 박물관으로 옮겨진 것 역시 근대가 지닌 또하나의 어둠이다.

펠리오가 가져갔던 『왕오천축국전』이 지금 국립중앙박물관에서 전시되고 있다. 그동안 이 불세출의 여행가에 대한 이상할 정도의 무관심을 생각한다면 참으로 감격스러운 일이다. 1300여 년 전에 완성된 『왕오천축국전』은 늙음을 모르는 '젊음의 책'이다. 낮밤 없이 실크로드를 질주하는, 한반도와 중국과 인도를 거쳐 세계로 나아갔던 스무 살 혜초! 그 용감하고 힘찬 심장을 만나고 싶다면 『왕오천축국전』을 들고 국립중앙박물관으로 달려갈 일이다. 그리고 혜초의 길로 나설 일이다. (2011)

『혜초의 왕오천축국전』, 혜초, 정수일 옮김, 학고재, 2008
젊은 학승 혜초의 담백한 서역 여행기이다. 소설가가 된다면, 이 여행기를 꼭 소설로 옮겨보고 싶었다. 동인도에서 시작된 책의 전반부는 성지순례의 성격이 짙지만, 서인도를 빠져나온 후부터는 여행가로서 발걸음은 가볍고 눈은 예리하고 손은 바쁘다. 지금의 이란까지 갔다가 타클라마칸 사막을 건너 당나라로 돌아오는 길은 실크로드의 사막길이다. 한번 들어가면 되돌아 나오지 못할 정도로 험한 사막이지만, 혜초는 되돌아와서 여행기를 남겼다. 풍부한 해제와 각주가 당시 상황을 이해하는 데 큰 도움을 준다.

'동네 영화관'보다 더 좋은
몽상관은 없다

영화관에 가는 것은 큰 행사요 사건이었다. 버스를 타고 40분은 가야 겨우 극장 앞에 도착할 수 있었다. 큰 간판을 우러르며 등장인물들을 손가락질하고 뻥튀기 과자를 품에 안은 다음에야 영화를 보기 시작했다. 그렇게 본 영화가 〈취권〉과 〈로보트 태권V〉였다.

1980년대 말에는 영화 두 편을 연이어 틀어주는 심야 영화관을 즐겼다. 만화방과 당구장, 오락실과 심야 영화관은 저렴한 비용으로 오랜 시간 놀 수 있는 장소였다. 하숙집에서 빈둥거리던 하숙생들이 내기 당구를 쳐 일단 영화비를 뽑고 영화관까지 직행한 경우가 잦았다. 영화가 시작되기 전엔 늘 자판기 커피를 마시며 술담배를 피웠다. 영사기에 비친 먼지들이 담배 연기로 보일 정도였다. 술을 마시고 와선 영화가 시작하자마자 코부터 고는 이들도 종종 있었다. 깨우려고 보면 같은 과 친구거나 같은 향우회

선후배여서 뒷머리를 긁적이기도 했다. 여자친구와 함께 이곳을 찾은 적도 물론 적지 않다. 그땐 화면보다 여자친구의 숨소리에 귀기울이고 손짓에 눈을 크게 뜨고 향긋한 냄새에 코를 찡긋 대느라 바빴다. 〈베티 블루〉와 〈퐁네프의 연인들〉을 신림동 미림극장에서 졸음을 참아가며 보았다. 의외로 감동이 큰 영화를 본 날이면 하숙집으로 들어가지 않고 근처 포장마차에서 소주를 마시며 또 담배를 피웠다. 노래를 부르며 울기도 하고 웃기도 했다. 어설픈 연기의 밤이었다.

해군사관학교 교관으로 선발되어 진해로 내려갔다. 고향에서 군 생활을 하게 된 것이다. 당시 진해에는 해양극장과 중앙극장이 있었는데, 둘 다 내 자취방에서 걸어 10분 안에 도착할 거리였다. 중앙극장보다 해양극장에 자주 간 것은 극장 이름이 해군과 어울려서가 아니라, 중앙극장엔 어머니의 친구가 영화표를 팔았기 때문이다.

기억이 닿지 않는 곳에서 누군가가 알은체를 해왔다. 내 아버지와 어머니, 가끔은 삼촌과 이모의 이름을 들이대며 넌 분명 그이와 한 가족이 분명하다고, 손을 쥐거나 어깨를 잡거나 때로는 가벼운 포옹으로 반겼던 것이다. 중앙극장에서도 마찬가지였다. 저녁 식사를 마치고 느지막하게 영화를 보기 위해 돈을 밀어넣은 내게 표는 주지 않고, 중년 여인이 작은 문을 열고 허리를 숙이며 걸어나왔다. 내려왔다는 소문을 들었다며, 오늘은 특별히 그냥 들어가라고 등을 떠밀었다. 공짜로 영화를 보면서, 나는 진해를 배경으로 영화를 하나 만드는 상상을 했다. 그 영화는 좀비들이 출현하는 공포영화였고, 중앙극장은 좀비들의 근거지였다. 그들은 나를 알지만 나는 결코 모르는 사람들만 초청하여 영화를 보는 건 어떨까 생각하며 킬킬거렸다. 영화를 만들겠다는 꿈은 이루지 못했지만 좀비들을 멀쩡한 인간으로 둔갑시켜 장편소설을 한 편 완성했고, 그 작품을 출간해 소설가가 되었다.『열두 마리 고래의 사랑이야기』(살림, 1996)였다. 그때 중앙극장에서 잡생각을 하지 않았다면 과연 내가 소설가가 되었을까. 어찌어찌 글쟁이가 되었을 수도 있지만, 진해를 배경으로 판타지가 담뿍 담긴 성장 소설을 쓰지는 않았을 것 같다.

나는 걸어서 영화관에 간다. 이사할 동네를 고를 때 내게 가장 중요한 기준은 걸어서 영화관과 도서관, 그리고 서점에 갈 수 있느냐는 것이었다. 이 셋만 있으면 대충 한나절을 보내기엔 부족함이 없다. 서점에 가다가 영화관으로 숨고, 책을 읽기 위해 도서관에 도착하고서도 다시 걸음을 돌려 영화관에 기어들어가는 즉흥과 변덕을 지금도 즐긴다. 관객이 거의 없는 조조 영화관에 앉으면 이상하게도 새로운 이야기가 머릿속을 어지럽힌다. 어두컴컴한 영화관에서 수첩을 꺼내 끼적인다. 밝은 복도로 나갈 수도 있지만 걸음을 옮기는 사이 이야기들이 흩어질 것 같아 그냥 자리를 지킨다. 영화가 끝난 후, 처음 가려고 했던 도서관이나 서점에서 수첩을 펼쳐들면, 내가 쓰고도 뭘 썼는지 읽을 수 없다. 이야기들도 이미 나를 떠나버렸다. 익숙하지만 불편한 고민이 시작된다. 다시 표를 끊고 그 어두운 자리로 찾아들어야 할까. 오호 낭패라! '동네 영화관'보다 더 좋은 몽상관은 없다. (2009)

『트뤼포』, 앙투안 드 베크, 세르주 투비아나, 한상준 옮김, 을유
문화사, 2006

트뤼포가 영화감독이 되기 전, 영화비평을 쓰기 전, 좋아하는 영
화를 두 번 이상 보던 그 동네 영화관으로 가고 싶다. 사랑하기
때문에 사랑하는 동어반복의 시절, 트뤼포가 아낀 영화들은 무
엇일까. 소설가도 문학비평가도 아닌 독자로 기웃거리던 학교
앞 서점이 새삼 그립다. 마음에 드는 작품 한 편을 접한 것만으
로 전부를 꿈꾸었다. 그 동네의 꿈이 영화감독도 만들고 소설가
도 만들었다는 상상!

글도 춤도 결국
발바닥으로 시작하는 것이다
―리심이 맺어준 인연(1)

　팩션(faction=fact+fiction)을 빚는 작가의 영혼은 바위 같고 바람 같다. 고서를 쌓아놓고 무거운 엉덩이를 무기 삼아 정독의 밤을 보낸 후 등장인물의 삶을 좇아 시공간을 헤매기 때문이다.

　7월 7일, 19세기 프랑스 지도를 들고 인천공항을 이륙해 21세기 파리의 드골 공항에 내렸다. 『파리의 조선궁녀, 리심』이라는 200자 원고지 3000매 분량의 소설을 완성하기 위함이다.

　리심은 초대 프랑스 공사 빅토르 콜랭 드 플랑시와 사랑에 빠진 19세기 말 궁중 무희다. 1893년 5월 빅토르 콜랭과 함께 파리에 도착했고, 1894년 10월에는 조선 여인 최초로 아프리카 대륙 모로코의 탕헤르로 건너갔다. 리심을 직접 만났던 2대 프랑스 공사 프랑뎅의 회고록 『한국에서』를 살피다가 "리심은 자신이 관찰한 놀라운 서양 문물을 여러 페이지에 걸쳐 기록해두었는데, 나는 언젠가 그 기록들을 꼭 출판하려고 다짐하고 있다"는 대목에서 눈이 번쩍 뜨였다.

이것을 꼭 쓰리라! 리심이 기록해두었으나 지금까지 발견되지 않은 여행기. 1인칭으로 리심의 감각과 생각을 되살리는 유일한 방법이자 이 소설이 궁극적으로 도달할 경지였다.

고서와 자료에 적힌 번지수와 건물 이름만으로는 여행기를 상상할 수 없다. 10년 동안 역사소설을 쓰면서 지켜왔듯이, 리심이 갔던 길과 머물렀던 집들을 하나하나 되밟고 명증하게 정리하여 문장으로 녹이는 취재 여행이 필요했다. 관광하듯 명승지만 훑고 인상기를 끼적거리는 것은 자존심이 허락하지 않았다. 허나 과연 조선시대 한양을 답사하듯 19세기 파리를 헤매며 등장인물의 흔적을 '발견'하고 '고증'할 수 있을까.

몽파르나스 타워 근처로 숙소를 잡았다. 빅토르 콜랭과 리심이 살았던 바빌론 거리까진 지하철로 겨우 세 정거장. 조금이라도 가까운 곳에 머물고 싶었다. 일곱 시간의 시차 때문인지 쉬이 잠이 오지 않았다. 빅토르 콜랭이 한양에서 사용했던 명함을 찾아 가슴 위에 얹고 인사 아닌 인사를 했다. 빅토르 콜랭 그리고 리심! 내일부터 당신들 숨소리를 들으러 갑니다. 잘 부탁드립니다!

다음날 아침 지하철 12호선에 올랐다. 언어와 피부색이 제각각인 사람들로 가득했다. 동행한 정지용 선생(파리 3대학 박사, 19세기 불문학)이 선글라스로 바꿔 쓰며 한마디한다. "지금 이 칸에 탄 사람 대부분이 관광객이에요. 파리 시민들이야 남프랑스나 지중해로 여름휴가 떠났죠."

센 강 남쪽 파리 7구에 속하는 바빌론 거리는 나폴레옹이 묻힌 앵발리드에서 가깝고 인상파 화가의 작품이 많은 오르세 미술관도 멀지 않다. 공책 절반 크기도 안 되는 낡은 영수증 두 장이 오늘 답사의 보물지도다. 1892년과 1894년에 사인된 그 영수증에는 빅토르 콜랭 드 플랑시가 살았던 주소가 적혀 있다. 정 선생이 어렵게 구한 자료다. 문득 조선시대 인물들의 거주지를 찾아 사대문 안을 돌아다녔던 순간들이 떠올랐다. 거리는 물론이고 집이 온전히 남아 있는 경우도 드물었다. 100년이 훨씬 지났으니 바빌론 거리나 이 두 집도 사라지지 않았을까. 빈터만 남아 있다면 여기까지 온 보람이 없다.

세브르 바빌론 역은 의외로 붐볐다. 파리 최초의 백화점인 봉마르셰가 바빌론 거리 입구에 자리잡은 탓이다. 백화점 출입구에 붙어 있는 숫자가 눈에 띄었다. 1876. 리심이 파리로 왔을 때 봉마르셰 백화점은 최고의 인기를 구가하고 있었다고 한다. 백화점에서 사거리를 지나니 분위기가 사뭇 경건해졌다. 조선을 비롯한 아시아 전역에 선교사를 파견한 파리 외방 선교회가 자리잡았다. 지하실에는 순교한 이들의 유골을 모셨고 그 행적을 전시하고 있었다. 빅토르 콜랭은 한양 주재 외교관 중에서도 천주교를 적극 지원했다. 바빌론 거리에서 파송을 준비하는 젊은 선교사들을 자주 보았기 때문이 아닐까 하는 생각이 들었다. 봉 마르셰 백화점이 근대 문명의 표상이라면 외방 선교회는 흔들림 없는 기독교적 신념의 근거지였다.

외방 선교회 쪽에서부터 바빌론 거리로 접어들었다. 차 한 대가 겨우 드나들 만큼 도로 폭이 좁다. 좌우로 늘어선 4, 5층 높이의 건물 벽에 적힌 건축 연도를 찾아 읽었다. 1815. 1869…… 자필 이력서에 의하면, 빅토르 콜랭이 조선과 일본을 거쳐 파리로 돌아온 것이 1893년 5월이다. 그때도 저 건물들이 오늘 내가 바라보듯 저렇게 서 있었던 것이다. 그렇다면 리심이 살던 집도 번듯하게 남아 있지 않을까. 기대가 커졌다. 벽에 붙은 주소를 하나씩 확인하며 걸었다. 점점 가슴이 벅차올랐다. 리심의 맑은 미소와 나비를 닮은 발놀림, 낭랑한 노랫소리가 들려오는 듯했다. 걸음을 멈추고 깊게 숨을 내쉰 후 고개를 들었다. 6층 건물. 복사 가게와 음식점 사이 철문이 눈에 띄었다. 그 위로 '58'이라는 숫자가 수박만큼 커다랗게 보였다. 여기다. 빅토르 콜랭과 리심이 살았던 바빌론 58번지! 철문 안 어둠을 뚫어지게 쳐다보았다. 리심의 목소리가 흰 배꽃처럼 들려오는 듯했다. '백 년 넘게 당신을 기다렸어요. 이제야 제 삶을 기억해줄 대한민국의 작가를 처음 만나는군요. 정말 반가워요.'

바빌론 거리를 나와 오른편으로 방향을 꺾어 앵발리드의 바로크 양식 돔을 바라보며 걸었다. 1894년 영수증에 적힌 빌라르 대로 15번지가 나왔다. 바빌론 58번지에서 겨우 100미터도 떨어지지 않았다. 길 건너 프랑수아 자비에 성당이 눈에 띄었다. 1922년 10월 28일 빅토르 콜랭 드 플랑시의 장례식이 거행된 곳이다. 파리에 정착한 리심의 동네는 이것이 전부였다. 아침에 집을 나서서 가구점에 들렀다가 봉 마르셰 백화점을 돌아본 후 파리 외방선교회의 작은 모임에 참가해 조선의 풍습을 설명하고 저물 무렵 빅토르 콜랭과 함께 앵발리드 주변을 산책하는 리심의 일상이 손아귀에 잡혔다. 담벼락 하나 빼놓지 않고 묘사할 자신이 생겼다.

오후에는 소르본 대학 근처 카페에서 키스핏 로랑 선생(파리 7대학 박사, 한국사)을 만났다. 지난해 겨울, 로랑 선생은 빅토르 콜랭의 파리 생활을 고증할 귀한 자료를 선뜻 보내주었다. 그는 굵은 안경 너머로 리심에 관한 소설을 쓰는 이유를 물었다. 나는 '근대'와 '사랑'을 다루고 싶어서라고 답했다. 로랑 선생은 콧수염을 쓰다듬으며 또박또박 한국말로 지적했다. "한 가지가 빠졌네요. 그건 바로 우정입니다. 120년 동안 대한민국과 프랑스가 쌓은 우정 말입니다." 그는 120년 전 빅토르 콜랭과 고종의 우정을 떠올리며 감회에 젖는 듯했다. 나는 지금 이 순간 파리 카페에서 마주앉은 한국을 연구하는 프랑스 학자와 프랑스를 무대로 소설을 쓰는 한국 소설가의 우정을 되새겼다. 리심이 맺어준 인연이었다.

(2006)

『프랑스 외교관이 본 개화기 조선』, 끌라르 보티에, 이뽀리트 프랑뎅 공저, 김상희 옮김, 태학사, 2002

프랑뎅은 2대 프랑스 공사로 부임한 외교관이다. 조선에 관한 다양한 기록이 담긴 이 책에서 나는 궁중 무희 '리심'을 처음 만났다. 프랑스 외교관과 사랑에 빠져 파리로 떠났고, 불어를 익혀 여행기까지 썼다는 여인. 나는 리심이 지었다는 여행기를 나만의 상상으로 만들어보고 싶었다. 동서양을 오가며 리심이 보고 느낀 세상은 어떠했을까. 리심의 발자취를 따라 일본과 프랑스와 모로코를 답사했다. 고지도를 들고 한 달 꼬박 파리를 걸었다. 글도 춤도 결국 발바닥으로 시작하는 것이었다.

글도 춤도 결국
발바닥으로 시작하는 것이다
—리심이 맺어준 인연(2)

　중첩된 우연으로 한 인간의 생애를 발견하는 기쁨, 그것이 바로 답사의 매력이다. 북아프리카 항구도시 탕헤르는 아랍 최고의 여행가 이븐 바투타의 고향이다. 아시아와 아프리카, 유럽을 아우르는 광대한 '여행기'는 1325년 22세의 호기심 많은 청년이 고향인 탕헤르를 혈혈단신 떠나는 장면에서 시작한다. 그로부터 569년 뒤인 1894년 10월, 리심이 모로코 공사관 1등 서기관에 임명된 남편 빅토르 콜랭 드 플랑시를 따라 마르세유에서 배를 타고 이 항구로 들어왔다. 102년이 더 지난 2006년 7월 15일 오후 2시, 나는 파리를 떠난 지 두 시간 만에 탕헤르 공항에 내렸다. 조선 여인 최초로 아프리카에 상륙한 리심의 흔적을 찾아서!

　리심에게도 내게도 탕헤르는 암호이리라. 지도를 펼쳐도 골목은 미로이고 쫓아오는 아이들의 아랍어 노래는 소음에 가깝다. 21세기 탕헤르는 낡고 쇠락했지만 19세기 탕헤르는 유럽으로 열린 아프리카의 화려하면서도 싱싱한 첫 얼굴이었다. 외교관과 장사꾼은 물론이고 들라크로아와 마티스를 비롯한 유럽 예술가들이 찾아왔다. 지중해와 대서양이 만나고 유럽과 아프리카가 뒤섞였으며 유대인과 기독교인, 이슬람인의 무덤이 각각 무리지어 자리를 잡았다. 또한 탕헤르는 아프리카 식민지 건설의 교두보였으며 제국주의 열강들의 각축장이었다. 개화기 내내 한양에서 벌어진 열강들의 갑론을박이 탕헤르에서도 재현되었다.

엘민자 호텔에 여장을 풀고 바닷가로 나갔다. 지브롤터 해협을 향해 펼쳐진 바닷물은 맑고 따듯했다. 색색의 차도르를 두른 채 수영을 즐기는 여인들과 모래사장 곳곳에 앉아 있는 낙타가 눈에 띄었다.

17일, 영어가 통하는 가이드와 함께 본격적인 답사에 나섰다. 답사의 목표는 빅토르 콜랭 드 플랑시가 1894년부터 1년 남짓 근무한 프랑스 공사관 자리를 확인하고 리심의 일상을 그 근방에 구축하는 것이다. 호텔을 나선 가이드는 그랑 소코로 향했다. 정기적으로 장이 서고 온갖 산물의 교환이 이루어졌던 그곳은 지금도 큰 광장이다. 2,500미터 성벽으로 둘러싸인 메디나 입구에서 낡은 택시를 잡아탔다. 산꼭대기에 있는 도시의 지배자 술탄의 처소 카스바로 가기 위함이었다.

조선 무희 리심이 파리뿐만 아니라 탕헤르까지 나아갔다는 사실은 중요하다. 파리만 살펴보고 돌아왔다면 전혜린이 독일 유학 시절을 그리워하듯 프랑스적인 것의 아름다움만 되새기며 살았을 수도 있다. 그러나 리심은 파리와는 전혀 다른 도시 탕헤르를 만났다. 나는 이 예쁜 항구에서 새로운 각성을 얻는 조선 여인을 상상한다. 제국주의 열강에 각종 이권을 빼앗기는 모로코의 근대를 통해 조선의 근대를 되짚어보지는 않았을까. 가치중립과 만민평등을 내세우는 서양 근대의 이면에 드리운 약소국의 고통과 슬픔을 느끼지 않았을까.

카스바를 나와서 좁은 골목을 빠르게 걸어 내려갔다. 허름한 여인숙 간판과 다닥다닥 붙은 카페들. 19세기 유럽 외교관과 장사꾼이 모여 살았다는 프티 소코였다. 어떻게 이 작은 골목에서 외교와 상거래가 모두 이루어졌는지 궁금했다. 가이드가 골목 한 귀퉁이를 가리켰다. "저곳에 프랑스 공사관이 있었습니다." 가이드가 제대로 지목했을까. 팩션을 쓰기 위해서는 많은 사람들을 탐문하는 것은 기본이고 그 대답을 뒷받침할 자료까지 뒤져야 한다. 물증을 찾기 위해 박물관과 도서관으로 바뀐 옛날 미국 공사관으로 향했다. 비가 흩뿌렸다. 테러 위험 때문인지 벨을 누르고 신분을 확인한 후에야 박물관으로 들어갈 수 있었다. 관내 서점을 기웃거리다가 '탕헤르'라는 제목에 이끌려 두툼한 책을 폈다. 거기, 19세기 초 탕헤르 지도가 있었다. 그랑 소코에서 프티 소코까지 검지로 급히 훑었다. 가이드가 지목한 골목에 정확히 프랑스 공사관이 있었다.

이제 마지막 문제가 남았다. 프티 소코의 프랑스 공사관이 현재 공사관이 있는 신도시로 옮긴 시점은 언제일까. 1894년 이후라면 프티 소코를 중심으로 동선을 짜야 하고, 1894년 이전이라면 현재의 신도시에서 리심의 일상을 만들어야 한다. 골머리를 앓다가 밀린 e-메일이나 확인할 겸 호텔 2층 비즈니스 룸으로 향했다. 그런데 놀랍게도 룸 입구에 1907년 탕헤르 지도가 걸려 있었다. 신도시 쪽에 '프랑스 공사관 건축중'이라는 글씨가 눈에 들어왔다. 1907년에 공사관이 신축중이었다면, 그때까지도 프랑스 공사관은 프티 소코를 떠나지 않은 것이다. 빅토르 콜랭과 리심이 탕헤르의 어디에서 먹고 마시며 거닐 것인가가 확정되는 순간이었다. 발로 찾아다니는 자에게만 이런 우연이 찾아드는 것이리라. 책상머리에서 감수성과 영감에 기대어 이야기를 끼적였다면 결코 쥘 수 없는 행운이었다. 호텔방으로 돌아와 창문을 열었다. 스페인 쪽 하늘에 무지개가 떴다. 건기인 7월에 무지개를 보는 것은 무척 드문 일이라고 했다. 양고기를 곁들인 쿠스쿠스로 늦은 저녁을 먹었다. 리심이 아프리카에서 마주쳤을 우연들을 상상하며 여러 번 찐 노란 밀가루를 오른손으로 집어 입에 넣으니 낯선 맛도 달콤하고 정겨웠다. 나는 오늘 우연의 중첩으로 1894년 프랑스 공사관 자리를 확인했다. 이 우연들을 '운명'이라 칭하며 갖가지 이야기를 꾸며대는 자, 그가 바로 소설가일지니! (2006)

『이븐 바투타 여행기』, 이븐 바투타, 정수일 옮김, 창작과비평사
소설 답사의 기본은 시간적, 공간적 배경과 일치하는 지도를 구하는 것이다. 탕헤르의 박물관과 서점을 돌며 19세기 탕헤르 지도들을 모았다. 그때 박물관 벽에 걸린, 상하좌우가 바뀐 대형 지도를 발견했다. 이븐 바투타의 여행 경로를 표시한 지도라고 했다. 탕헤르는 이븐 바투타의 고향이다. 30년간 아시아, 유럽, 아프리카 대륙을 누볐다. 대륙들을 오가는 요충지 탕헤르가 대여행가를 낳은 밑바탕이 아니었을까.

글도 춤도 결국
발바닥으로 시작하는 것이다
—리심이 맺어준 인연(3)

7월 22일 아침 8시, 파리 리옹역에서 TGV 2층 칸에 올라탔다. 19세기, 세계로 열린 프랑스의 창 마르세유로 가기 위함이었다. 항해술과 선박의 발달과 함께 국제항들이 속속 생겨났다. 제물포와 고베와 마르세유는 근대라는 삶의 양식을 공유하는 신나는 용광로였다.

항구는 철로와 이어질 때 더욱 큰 힘을 발휘한다. 마르세유에서 파리, 고베에서 도쿄까지 철마는 바다를 건너온 승객과 화물을 실어날랐다. 1899년 우리나라 최초의 철도가 인천에서 한양까지 개통된 것도 이 때문이다. 일본의 기차가 해안과 협곡을 어지럽게 오가는 반면 프랑스 기차는 대평원을 곧게 달린다. 유럽에서 가장 비옥한 토지를 가진 농업대국다운 면모가 유감없이 드러난다.

빅토르 콜랭과 리심은 지중해를 통해 아시아와 북아프리카를 오갔다. 그들에게 마르세유는 익숙한 체취로 돌아옴이자 낯선 풍광으로 나아감이었다. 귀향의 최종 목적지는 파리였지만 마르세유에만 내려도 여행의 피로는 사라지고 남불 특유의 억센 발음마저 정겨웠다.

마르세유는 몽테크리스토 백작의 도시다. 모험과 복수로 점철된 뒤마의 소설은 파라옹 호가 나폴리에서 마르세유로 들어오는 장면부터 시작한다. 시민들은 생장 요새의 전망대로 올라가서 파라옹 호를 맞으며 환호한다. 1893년 5월 4일 빅토르 콜랭과 리심을 태운 배가 안내선을 따라 항구의 좁은 입구로 들어설 때도 비슷한 환대를 받았으리라.

프랑스식 생선찌개 부이야베스로 점심을 해결하고 이프 섬으로 향했다. 주인공 당테스가 14년 동안 갇혔던 좁은 감옥에 잠시 머물렀다. 어둡고 칙칙한 벽을 바라보기만 해도 숨이 막혔다. 영화 〈빠삐용〉과 〈쇼생크 탈출〉에서처럼, 당테스의 꿈은 오직 탈옥이었다. 성 꼭대기에 올라서서 아래를 내려다보았다. 깎아지른 성벽 아래에 한 서양 남자가 수영을 즐기고 있었다. 당테스도 저이처럼 헤엄을 쳐서 지옥 같은 섬을 벗어났겠지. 지중해의 따스한 바람이 내 얼굴로 훅 밀려들었다. '자유'였다.

처음 입항하며 노트르담 드라갸르드 망루를 쳐다보는 리심의 표정은 어떠했을까. 3월 28일 고베를 출발하고 40여 일 동안, 리심과 빅토르 콜랭이 무척 행복했으리라고 추측하기 쉽다. 하나 그들의 유럽행은 황홀하지만은 않았다. 오히려 하루하루 살얼음판을 걷듯 불안하고 무서웠다. 빅토르 콜랭의 지병인 후두염이

악화된 것이다. 귀국 후 반년 동안 휴가를 낼 만큼 그의 병은 위중했다.

이런 역사적 사실에 기대어, 나는 빅토르 콜랭이 입항 후 곧장 파리행 기차에 오르지 못하고 병원에 입원하여 며칠 치료를 받는 이야기를 구상했다. 그러자 1891년 시인 랭보(1854~1891)가 목숨을 거둔 콩셉시옹 병원이 떠올랐다. 북아프리카에서 돌아온 아르튀르 랭보가 죽은 침상에 동아시아에서 돌아온 빅토르 콜랭을 눕히고 싶었다. 무릇 팩션이란 무엇인가. 관련이 없어 보이는 역사적 사실들을 필연적인 허구로 엮어 그 시대의 정신과 풍광을 새롭게 조망하는 작업이다. 19세기 프랑스에 식민지 개척은 국가의 중대사였으며, 랭보와 콜랭은 이 국가적 과업이 이뤄지는 두 대륙 북아프리카와 동아시아를 각각 뼛속 깊이 체험하고 돌아온 문제적 인물이었다.

지하철을 타고 콩셉시옹 병원으로 향했다. 산부인과 전문 병원으로 바뀐 최신식 건물 앞에서 잠시 망설였다. 이 깨끗하고 높은 병실에 과연 19세기 천재 시인의 발자취가 남아 있을까. 안내실로 가서 랭보에 관해 묻자 늙은 흑인 수위가 빠진 앞니를 드러내며 반갑게 웃었다. 본관 로비로 가보라는 것이다. 랭보가 남긴 『지옥에서 보낸 한 철』(민음사, 2014)의 서시를 암송하며 본관으로 나아갔다. "옛날, 내 기억이 정확하다면, 나의 삶은 모든 사람들이 가슴을 열고 온갖 술들이 흘러다니는 하나의 축제였다."

랭보가 이 병원에서 사망했음을 명시한 기념판 아래에 섰다. 근대란 일확천금을 꿈꾸며 세계로 떠난 자들의 눈부신 역사이면서, 풍토병과 미신과 해적선 사이로 참혹하게 돌아와 쓸쓸하게 생을 마감한 이들의 어두운 전설이다. 그 전설 속에서도 운명은 다시 갈려 어느 시인은 짧은 생을 마감하고 어느 외교관은 소생하여 어여쁜 조선인 아내와 함께 파리로 입성한다. 역사적 갈림길의 다양한 설정이야말로 팩션의 또다른 지혜다.

7시 30분, 다시 TGV를 타고 파리로 떠났다. 공간만 조금 넓을 뿐이고 좌석과 통로 모양이 비슷한 탓인지 고속철을 타고 부산에서 서울로 올라가는 기분이었다. 세 시간 남짓 노트북을 꺼내놓고 이프 섬과 콩셉시옹 병원을 묘사하느라 바빴다. 103년 전, 리심도 나처럼 기차 안에서 항구와 철도, 대양과 평원에 대해 무엇인가를 끼적이지 않았을까. 그녀가 놀리던 거위 깃털 펜이 마우스와 자판으로 바뀌는 착각이 일었다.

파리에 도착하니 밤 11시가 가까웠다. 택시를 타고 숙소인 몽파르나스 호텔로 가다가 바빌론 거리에 불쑥 내렸다. 파리의 조선 무희 리심이 병든 빅토르 콜랭을 간호하며 숙소로 올라가다가 문득 뒤돌아섰다. 호기심과 설렘, 약간의 두려움이 서린 눈망울이 몽테크리스토 백작의 의로운 눈동자로 이어졌다가 맑은 마르세유 바다에 닿아 출렁였다. 마르세유와 고베, 제물포는 리심의 등뒤에서 항상 떠남을 예비하는 청옥빛 그림자였다. (2006)

『나의 방랑』, 아르튀르 랭보, 한대균 옮김, 문학과지성사, 2014
랭보 운문시 전집. 마르세유에 머무는 내내 랭보의 시집을 읽었
다. 언제나 움직이며 낯선 풍광과 사람에 도취하는 길 위의 시
인. 스물다섯 살 무렵 시를 접은 후에도 랭보의 방랑은 계속되었
다. 왜 그는 더이상 시를 쓰지 않았을까. 유럽을 떠나 중동과 아
프리카에서 무엇을 보았을까. 질문을 바꾸기도 했다. 시는 멈춰
도 방랑은 계속되는가. 시인은 죽어도 시는 남아 떠도는가.

『파리의 조선궁녀, 리심』, 김탁환, 민음사, 2006
조선 밖으로 나아가고 흐르고 되돌아온 개화기 여인 리심의 삶
을 다룬 세 권짜리 장편소설이다. 특히 둘째 권은 일본과 프랑스
와 모로코를 누빈 나날을 리심의 시선에서 1인칭 여행기로 담아
냈다. 자살로 막을 내리는 이 소설을 읽은 후엔 가부장제와 유교
국가를 비웃고 떠나가는 개화기 여인 파냐를 그린 장편소설『노
서아가비』(살림, 2009)를 읽으면 좋겠다.

글도 춤도 결국
발바닥으로 시작하는 것이다
—리심이 맺어준 인연(4)

마태복음은 아브라함에서 예수까지 이르는 긴 족보에서 시작한다. 천애 고아에게도 낳아준 부모가 있고 역마살이 낀 떠돌이에게도 고향은 있다. 자식이 부모를 고를 수 없듯 고향은 한 인간에게 절대적이다. 7월 25일 새벽, 지방도로를 두 시간 동안 달려 파리 동남쪽 오브 지방에 위치한 빅토르 콜랭의 고향 플랑시에 닿았다. 마을 관청에서 콜랭 가문에 정통한 향토사학자 위베르 리샤르를 만났다. 82년 동안 이 고운 농촌을 떠난 적이 없다는 위베르는 빅토르가 태어난 곳으로 우리를 이끌었다.

빅토르의 아버지 자크 콜랭은 프랑스판 『신해경』에 비견되는 『지옥 사전』의 저자로 유명하다. 빅토르 위고도 상상 동물과 환상적인 풍광을 묘사하기 위해 이 책을 참고했다. 젊은 시절 자크는 반反가톨릭 교도로 이름이 높았지만, 벨기에를 거쳐 네덜란드에

143

서 은총을 받고 귀향한 후 가톨릭에 심취했다. 1846년 이 작은 마을에 종교 서적 전문 출판사 '생 빅토르'가 들어선 것도 복음을 널리 전하려는 자크의 신앙심 때문이었다. 시장이 서는 넓은 공터를 돌아서 러시아 포로들이 팠다는 하천 쪽으로 걸었다. 빅토르 콜랭의 출생지이자 생 빅토르 출판사가 자리잡았던 건물이 성벽처럼 막아섰다. 양팔을 벌려 건물에 붙자 애기 울음소리가 들려왔다. 가슴이 벅차올랐다.

파리에서 리심은 호화로운 그랑 부르주아지나 귀족의 아내가 아니라 서책과 도자기를 좋아하는 프티 부르주아지의 아내로 지냈다. 아버지 자크에게 받은 물질적 유산은 미미했지만, 빅토르 콜랭의 신비주의에 대한 관심이나 천주교도로서의 경건한 삶, 꼼꼼한 자료 분석을 통한 논문 저술 등은 확실히 아버지를 닮았다. 계몽과 신비를 대비시키지도 않았고 골방에 틀어박혀 글을 쓰는 일과 미지의 세계를 떠도는 삶을 애써 구분하지도 않았다.

콜랭 가문이 플랑시에 사는 귀족과의 마찰 때문에 고향을 등진 사실 또한 흥미롭다. 자크가 '콜랭'이라는 성 뒤에 귀족을 뜻하는 '드 플랑시'를 붙인 것이 화근이었다. 1789년 프랑스 혁명 이후 많은 부르주아지가 이런 식으로 귀족 행세를 했다. 조선 후기에 양반이 급격하게 증가한 것처럼 19세기 프랑스인도 귀족이 되려는 노력을 아끼지 않았다. 재판에서 패소한 후에도 자크는 '드 플랑시'를 버리지 않았고 빅토르 콜랭 역시 '드 플랑시'를 고집했다. 훗날 외무부에서도 이 부분이 문제가 되었으며, 1906년 방콕에서 사용한 명함에는 '드 플랑시'가 괄호로 묶여 있다. 귀족이 아니라는 표시였다.

사람들이 고향을 등지는 이유는 다양하다. 가난 때문에, 종교 때문에, 때로는 사랑 때문에 타향살이를 시작한다. 금의환향은 무척 드문 일이다. 아시아 곳곳에서 외교관으로 근무한 빅토르 콜랭 역시 프랑스에서는 줄곧 파리 7구에 머물렀다. 가족도 재산도 친구도 없는 고향, 비웃음과 상처만 남은 플랑시 마을은 타향보다도 더 타향 같았다.

관청으로 돌아가서 출생증명서를 뗐다. 1853년 빅토르 콜랭이 태어났을 때 아버지는 60세, 어머니는 27세였다. "1852년쯤 결혼했나보죠?" 위베르가 최초로 수수께끼를 풀듯 미소와 함께 고개를 저었다. "빅토르에게는 죽은 누이가 하나 있다오. 이름은 마리, 겨우 33개월 동안 살다가 1852년에 죽었지. 남동생 얼굴도 못 보고 말이오."

마을 가운데 있는 생 줄리앵 교회로 갔다. 위베르는 교회 벽에 붙은 빛바랜 석판 하나를 가리켰다. 마리의 짧은 일생이 기록된 석판이 이곳에 살았던 콜랭 가문의 유일한 흔적이었다. 플랑시 마을을 떠나 트루아 시립 도서관으로 향했다. 콜랭 가문에서 기증한 서책과 자료를 검토하기 위함이었다. 빅토르 콜랭의 수집벽과 기록벽은 혀를 내두를 정도였다. 자필 이력서, 학위증과 논문들, 한자와 프랑스어를 곁들인 도자기 용어집은 물론이고 쇼콜라 케이크를 만들기 위해 주문한 음식 재료 영수증까지 허투루 내버리지 않았다. 자신을 언급한 신문기사와 인명사전을 꼼꼼히 스크랩한 빅토르 콜랭이라면 사랑하는 여인 리심의 모습과 행적 또한 기록했으리라.

해가 뉘엿뉘엿 질 때까지 샅샅이 뒤졌지만 리심의 흔적은 어디에도 없었다. 사진이 군데군데 뜯겨나간 옛 앨범에 자꾸 눈이 갔다. 순서대로라면 조선의 풍광과 인물을 찍은 사진들이 들어갈 자리였다. 이것이 공과 사를 구별하는 유럽의 개인주의인가? 외교관이라는 신분 때문에? 아니면 리심의 자살로 끝난 비극적인 사랑을 영원히 혼자만 간직하고 싶어서였을까?

자료를 덮고 나오려다가 마지막 서류봉투에서 담요에 싸인 어자아이의 초상화를 찾았다. 어려서 죽은 손위누이 마리였다. 짙은 속눈썹과 고운 뺨, 넓은 이마와 도톰한 입술이 아름다웠다. 나는 손바닥으로 초상화를 쓸었다. 죽은 누이의 초상화를 늘 품고 다닌 빅토르 콜랭과 그 누이를 쏙 빼닮은 조선 여인 리심! 두 사람의 사랑을 묶는 정교한 운명의 끈을 하나 더 찾아낸 순간이었다.

문득 리심의 고향은 어디일까 궁금해졌다. 어떤 자료에도 그녀의 고향과 부모에 대한 언급은 없었다. 나는 플랑시 마을만큼이나 멋진 조선 마을 하나를 소설에 담아 그녀에게 선물하리라 마음먹었다. 그리고 오늘 내가 이곳으로 왔듯이 그 정겨운 마을로 빅토르 콜랭을 꼭 데려가고 싶었다. 존재하는 자료의 확실함으로부터 부재하는 역사의 검은 구멍을 매우는 영혼, 그이가 바로 팩션 작가인가보다. (2006)

『마법사의 책』, 그리오 드 지브리, 임산 옮김, 루비박스, 2003
오컬트의 고전. 연금술, 점성학, 카발라, 마녀, 마법사의 이야
기가 다채롭다. 빅토르 콜랭의 아버지 자크 콜랭의 책『지옥 사
전』도 중요한 참고문헌으로 여러 차례 인용되고 있다. 빅토르가
중국어를 배우고 동양에서 오랫동안 외교관으로 근무한 데는,
오컬트 문화에 조예가 깊은 아버지의 영향이 있지 않았을까. 평
범한 서양인들에게 동양은 두려움의 땅이었지만, 빅토르는 동양
에서 반평생을 머물며 즐기고 사랑했다.

글도 춤도 결국
발바닥으로 시작하는 것이다
─리심이 맺어준 인연(5)

파리에서의 마지막 사흘은 동양적인 숨결을 찾아다녔다. 19세기 프랑스는 해가 지지 않는 나라 영국만큼이나 식민지 건설에 열심이었다. 인도차이나반도를 지나 한 걸음 나아가면 청나라이고, 그다음이 바로 조선이다. 유럽의 열강들은 이 모두를 '동양'으로 묶어 탐냈다.

빅토르 콜랭이 졸업한 파리 동양어학교 옛 건물부터 답사했다. 오르세 미술관 뒷골목인 릴 거리 2번지! 고개를 들어 낡은 건물을 찬찬히 살폈다. 'INDO-CHINE(인도차이나)'라는 글자가 눈에 띄었다. 이 학교는 동양 문화에 대한 지적 호기심과 식민지를 개척할 전문가 양성이라는 필요가 절묘하게 결합된 곳이다. 이국異國의 지혜와 미적 감각을 익힌 학생들은 동양이라는 보물을 아끼고 보호하며 결국 지배하려는 욕망을 키웠다.

또한 빅토르는 어려서부터 자연과학에도 깊은 관심을 지녔다. 1877년 「프랑스 도마뱀의 교미와 산란」「양서류에 기생하는 날개가 둘 달린 곤충에 대한 기록」과 같은 논문을 동물학회지에 발표했을 뿐만 아니라 청나라에 서식하는 금개구리를 최초로 프랑스에 소개했다. '라나 플란시Rana Plancyi', 이것이 그의 이름을 딴 개구리의 공식 학명이다. 중국어 문학에서부터 조선 도자기, 법학과 생물학, 천문학에 이르기까지 이 영민한 청년의 관심사는 넓고도 깊었다. 문·사·철에서 자연과학까지 아우르던 19세기 조선의 실학자처럼 그 역시 배우고 익히는 데 선입견도, 두려움도 없었다.

동양 문물을 전문적으로 소장한 기메 박물관에서 또다른 하루를 보냈다. 프랑뎅의 회고록에 따르면, 빅토르는 향수병에 시달리는 리심을 위해 "조선의 규방閨房을 복원復元해" 선물한다. 한국관에 전시된 빅토르의 기증품을 뜯어보며 리심이 머물렀던 규방을 상상했다. 태극 문양이 선명한 화각 2층 농을 쓸며 환하게 웃는 여인! 파리에서 누린 작은 행복이었다. 기메 박물관은 또한 1890년 12월 조선인 최초로 파리에 유학 온 홍종우가 근무한 곳이다. 서양인의 눈에도 거구로 비친 홍종우는 이곳에서 〈춘향전〉을 불어로 옮겼다. 그는 항상 고종의 어진과 대원군의 초상을 품은 채 센강을 거닐었으며, 왕명에 따라 상하이에서 김옥균을 암살할 만큼 철저한 왕당파였다. 파리를 체험한 두 사람의 운명은 귀국 후 극명하게 갈렸다. 대한제국 초창기 홍종우는 고종의 오른팔로 승승장구했고, 리심은 궁녀로 복직되었다가 자살했다. 같은 나라에 머물다 와도 다른 느낌을 갖는 것. 이것이 또한 삶의 신비로움이다.

나는 그들 곁에서 프랑스에 대한 엇갈린 체험과 화해하기 힘든 시선을 만들고 싶었다.

1층 전시실은 머리가 잘리거나 온몸이 토막 난 동남아시아의 불상들로 가득했다. 나는 그 불상들 앞에서 기어이 참았던 눈물을 쏟았다. 리심의 이야기는 지고지순한 로맨스로 풀리지도 않고, 풀어서도 안 된다. 사랑에 매몰된 여인에게는 제국주의의 양면성이 보이지 않기 때문이다. 자유와 평등, 박애의 정신을 아시아에 전한 나라도 프랑스이고 경제적 이익과 함께 이집트의 신상과 인도차이나의 불상을 토막 내 실어 간 나라도 프랑스다. 리심을 열렬히 사랑하는 멋진 모습만 담을 것이 아니라, 최초의 금속활자인 '직지심경'을 비롯해 조선의 중요한 서화와 도자기를 파리로 실어 간 콜랭의 잘잘못도 따져보아야 한다. 이 본질적인 애愛와 증憎의 변증법을 살피고 보편에 대한 갈망과 동양적인 것의 슬픔에 젖지 않는다면, 리심의 사랑도 여행도 헛것이리라.

마지막 날 오전 내내 짐을 쌌다. 프랑스와 모로코에서 구입한 서책과 지도 때문에 여행 가방이 잠기지 않았다. 파리 생활을 정리하며 리심은 무슨 생각을 했을까. 두려운 소식이 연일 그녀를 불안하게 만들었으리라. 일본인들이 궁궐에 침탈하여 중전마마를 무참히 살해했다는 망극한 이야기부터 열강들이 팔도의 각종 이권을 취한다는 안타까운 소문까지 조선은 회오리바람 앞에 등불이었다.

나는 서울행 비행기 안에서 묻고 또 물었다. 무엇보다 소스라치게 두려운 존재는 파리에 익숙해진 리심 자신이 아니었을까? 그

녀는 귀국과 동시에 한양에서 단 하나뿐인 황색 얼굴의 파리지엔
으로 살아야 한다. 파리에서 겪었던 외로움과는 다른, 어쩌면 더
욱 섬뜩한 고독일지도 몰랐다.

1896년 4월, 개화 여성 리심은 한양으로 돌아와 무슨 일을 했을
까. 당시 조선은 아관파천 상황에서 대한의 제국을 세우려는 준비
가 한창이었다. 고종은 빅토르를 불러 조선을 탈바꿈시키는 데 적
극 협력할 것을 청했다. 나는 리심이 이런 상황에서 조선 조정과
프랑스 공사관을 잇는 중요한 역할을 했으리라 추측한다. 조용히
공사관에만 머물렀다면 궁중 무희로 강제 복직 당할 이유도, 또
스스로 목숨을 끊을 까닭도 없다. 한데 왜 그녀의 삶은 비극으로
치달았을까. 팩션의 문은 이 물음을 향해 활짝 열려 있다.

두툼한 답사 일지와 2000여 장의 사진 정리를 마칠 즈음 비행
기가 하강하기 시작했다. 황해의 섬들 사이로 여객선이 오갔다.
110년 전 새로운 숙제를 안고 제물포항으로 돌아온 리심처럼 나
도 인천공항에 내렸다. 우리 둘의 진짜 삶은 여기서부터 시작이라
고 믿으며!

『앙코르와트』, 후지하라 사다오, 동아시아, 2014
프랑스 파리의 기메 박물관에는 제국주의 시기 동양에서 가져간
뛰어난 작품들이 매우 많다. 이 책은 캄보디아 앙코르와트 유물
이 프랑스로 반출된 과정을 면밀하게 다룬 연구서다. 빅토르 콜
랭은 『직지심경』을 프랑스로 가져간 장본인이기도 하다. 이 책
을 읽으면, 개화기 조선의 슬픈 얼굴이 보인다. 우리도 이제 연
구를 시작해야 한다.

장벽은 절실하게 원하지 않는 사람들을
걸러내려고 존재한다

올해 나는 마음으로 흠모하던 세 분의 스승을 잃었다. 한 차례도 만난 적이 없지만 삶이 힘겨울 때마다 그들의 삶을 훔쳐보곤 했다. 마지막 약속들로 분주한 12월, 스승은 침묵으로 말하고 나는 그들이 남긴 작품을 통해 인생을 배운다.

먼저 작가 마이클 크라이튼. 습작 시절, 나는 존 그리샴과 마이클 크라이튼을 통해 소설 쓰는 법을 배웠다. 존 그리샴의 소설이 탄탄한 구성과 날렵한 사건 전개로 독자를 끌어당긴다면, 마이클 크라이튼의 소설은 탁월한 기획과 엉뚱하지만 매력적인 캐릭터로 빛났다. 풍부한 과학 지식을 기반으로 드라마틱한 이야기를 뽑아내는 방법을 『쥬라기 공원』(김영사, 1991)과 『먹이』, 『공포의 제국』(김영사, 2008)을 통해 거듭거듭 배웠다.

『먹이』는 나노과학의 가능성과 위험성을 동시에 밝힌 수작이다. 그가 이 작품을 발표한 2002년 즈음엔 나 역시 나노과학에 관한 자료를 모으던 중이었다. 그러나 『먹이』를 읽은 후 방대한 참고 문헌과 매력적인 이야기에 압도되어 집필 계획을 접었다. 소설을 통해 역사와 과학의 만남을 구체적으로 시도한 이도 바로 마이클 크라이튼이다. 내가 계속 과학소설 언저리를 서성거리는 이유도 마이클 크라이튼이 심어준 테크노 스릴러의 매력 때문이다.

다음으로 소설가 이청준. 대학 입학과 동시에 최인훈의 『광장』과 이청준의 『당신들의 천국』을 읽었다. 두 작품은 소설이 서푼어치 이야기 '나부랭이'가 아님을 단숨에 보여주었다. 「비화밀교」에서 그는 춥고 배고픈 '겨울공화국'에서 희망의 불꽃을 은밀히 그리고 아름답게 피울 방편이 곧 소설임을 증명했다. 글만 잘 쓰는 이야기 기술자가 아니라 참된 지식인으로 사는 법이 작품 곳곳에 담겼다. 시대의 아픔과 꿈을 반성과 성찰을 통해 글로 드러내는 것이 인텔리겐치아라면 그는 참으로 성실하고 치열한 인텔리겐치아였다. 경제 위기로 모든 것이 휘청대는 2008년. 어떻게 우리는 이 고통을 보듬고 미래를 준비할까. 그를 추궁하고 종주먹을 들이대던 인물들이 소설로 세상에 나왔다면? 상상이 간절할수록 아쉬움이 크다.

마지막으로 카네기멜런대 랜디 포시 교수. 나는 유튜브를 통해 그의 '마지막 강의'를 접하고 책도 읽었다. 그는 자신에게 닥친 불행에 정직했다. 절망과 좌절, 나아가 죽음을 생각하는 이들에게 하나뿐인 삶을 포기하지 말라고 강조한다. 지금 인생의 가장 밑바닥을 쳤다면 앞으로는 변화하고 발전할 일만 남았다고 용기를 준다.

강의의 백미는 그의 인생에 가장 완강하고 아름다웠던, 그를 눈물로 부서지게 했고 삶을 다시 돌아보게 한 167센티미터 장벽 이야기다. 장벽은 바로 그가 사랑한 여인 재이다. 마음을 얻기 위해 최선을 다했지만 재이는 머뭇거리고 망설이다가 끝내 "난 당신을 사랑하지 않는다고요"라고 이별을 통보했다. 그 순간 체념하고 돌아섰다면 재이를 아내로 맞이하는 행운은 없었으리라. 상처받은 후에도 그는 재이를 따듯하게 감싸며 기다렸다. 그리고 끝내 그녀와 결혼했다. 랜디 포시는 주장한다. "장벽은 절실하게 원하지 않는 사람들을 걸러내려고 존재합니다. 장벽은, 당신이 아니라 '다른' 사람들을 멈추게 하려고 거기 있는 것이지요." 죽음은 마지막으로 맞닥뜨린 장벽이었고, 그는 이 거대한 장벽마저도 삶을 반성하고 꿈을 이루는 도구로 삼았다.

심수봉의 절창 〈비나리〉에 "우리 사랑 연습도 없이 벌써 무대로 올려졌네"란 구절이 나오지만, 사랑만 연습이 없는 것이 아니라 죽음도 마찬가지다. 이 되돌릴 수 없는, 갑작스러운 단절은, 아득하다. 문학평론가 김현은 요절한 시인 기형도의 시집을 해설하는 자리에서 "그의 육체를 기억하는 사람들이 다 사라져 없어져버릴 때, 죽은 사람은 다시 죽는다. 그의 사진을 보거나, 그의 초상을 보고서도, 그가 누구인지를 기억해내는 사람이 하나도 없게 될 때, 무서워라, 그때에 그는 정말로 없음의 세계로 들어간다"고 적었다.

나는 내 삶을 흔든 세 분 스승을 결코 '없음의 세계'로 서둘러

보내드리고 싶지 않다. 한 문장이라도 한 단어라도 더 매달려 깨치고 싶다. 12월 이 아침, 각자 간직한 '내 마음의 스승들'을 기억하며 침묵으로 배우기를 권해드린다. (2008)

『먹이』, 마이클 크라이튼, 김진준 옮김, 김영사, 2004
나노과학과 관련된 소설을 준비했던 때가 있었다. 과학자들도 만나고 실험실도 직접 방문하고 관련 서적들도 낑낑대며 읽어나갔다. 그때 마이클 크라이튼이 이 소설을 출간했다는 소식을 접했다. 구해서 읽고 내 작업을 접었다. 내가 나노과학으로 쓰려고 했던 이야기와 주제가 이 소설에 고스란히 더 깊고 넓게 담겨 있었다. 그의 또다른 소설 『넥스트』(김영사, 2007)와 함께 읽어도 좋겠다.

지구는 왜
외국인만 지킬까

"〈벤 10〉이 대세예요!" 석 달 전, 놀이터에서 초등학교 3학년 남학생들과 만날 기회가 있었다. 요즈음 즐겨 보는 애니메이션이 무엇이냐고 물었더니, 뭘 그렇게 시시한 질문을 하느냐는 표정을 지으며 한목소리로 답했다. 치켜든 그들의 손목에는 똑같은 모양의 〈벤 10〉시계가 감겨 있었다. 부끄럽게도 그때까지 나는 〈벤 10〉을 시청한 적이 없을 뿐만 아니라 어떤 채널에서 언제 하는지도 몰랐다.

케이블 방송이 시작되기 전에는 지상파 채널의 방송 프로그램만 확인하면 어린이 콘텐트의 큰 흐름은 좇아갈 수 있었다. 〈은하철도 999〉〈미래소년 코난〉〈날아라 슈퍼보드〉를 따라 웃고 울며 보낸 세월이 짧지 않다. 케이블에서 어린이 채널과 애니메이션 채널이 우후죽순으로 생겨나면서 지상파 중심의 어린이 콘텐트 시장이 해체되기 시작했다.

21세기의 어린이는 더 많은 채널을 통해 더 다양한 콘텐트를 접한다. 지상파에서는 아침 혹은 초저녁에 어린이 프로그램을 방영하는 시간이 고정되지만 케이블에서는 하루종일 프로그램이 쏟아져나온다. 한 회가 끝난 후 부푼 기대를 품고 일주일을 기다리던 마음을 21세기 어린이는 알까. 인기 있는 프로그램은 일주일 내내 방영할 뿐만 아니라 하루에 서너 번 재방송을 하고 그것도 놓친 어린이를 위해 홈페이지에 다시보기까지 준비되어 있다.

〈벤 10〉의 주인공은 벤 테니슨이라는 열 살 꼬마다. 그는 '옴니트릭스'라는 손목 장치를 이용해 열 가지 우주 영웅으로 변신하며 활약을 펼친다. 인기가 높아지자 시즌을 달리할 때마다 새로운 우주 영웅이 속속 덧보태지고 있다. '슈퍼맨'이나 '배트맨' '원더우먼'도 모두 변신 이야기다. 지금까지는 한 사람이 하나의 영웅으로만 변신해왔는데 〈벤 10〉이 그 한계를 단숨에 돌파했다.

남학생들은 '다이아몬드' '미니 그레이' '섀도' '메가조스' 등 벤이 변신하는 우주 영웅의 장단점을 자세히 안다. 그들은 우주 영웅의 역할을 나누어 맡은 후 자신들만의 〈벤 10〉 놀이를 만들어 즐긴다. 여학생들이 〈슈가 슈가 룬〉이나 〈파워퍼프걸〉에 열광하는 동안 남학생들은 〈벤 10〉에 몰입한다.

뛰노는 모습을 한참 보고 있노라니 엔지 우울해졌다. 일마 전 김종학 감독님을 뵈었다. 2007년 KBS에서 방영된 26부작 어린이 드라마 〈이레자이온〉의 기획과 제작에 그토록 거금을 투자한 까닭을 여쭸더니 깊은 웃음과 함께 답하셨다. "김 교수! 우리나라 어린이들이 열광하는 애니메이션이나 드라마를 꽤 보았다오. 어느 순간부턴가 이상한 생각이 들더군. 왜 지구는 미국인과 일본인들만 지켜야 하죠?"

대한민국 경제의 미래를 이끌어갈 신성장동력이 발표되었다. 문화 콘텐트도 22개 분야 중 하나로 자리잡았다. 세계 시장에서 부가가치를 창출하는 문화 콘텐트 개발도 중요하지만, 자라나는 어린이에게 희망과 긍지를 심어주는 콘텐트를 만드는 일 역시 놓치지 말아야 한다.

다행스러운 점은 어린이 드라마나 애니메이션의 밑거름이 되는 어린이 책 시장이 꾸준히 성장한다는 사실이다. 아직도 외국 동화나 청소년 소설의 번역이 상당수를 차지하지만, 국내 작가의 뛰어난 상상력과 어린이 책 기획자의 참신한 기획이 어우러져 어린이에게 사랑받는 작품이 잇달아 등장하고 있다.

어린이 책의 신나는 기운을 어린이 드라마와 영화, 애니메이션으로 옮겨와야 한다. 이를 위해 어린이 콘텐트라는 큰 틀에서 전문가가 함께 머리를 맞댈 마당을 마련해야 한다. 전문가의 자발적인 노력도 필요하겠지만, 정부 역시 부족한 제도는 보완하고 창작 지원이나 공모를 통해 어린이 콘텐트를 북돋는 작업을 지속적으로 벌일 일이다.

〈호랑이 선생님〉이나 〈사춘기〉로 대표되는 어린이와 청소년을 위한 생활 드라마에서부터 지구를 지키는 우주 영웅이 등장하는 영화와 애니메이션에 이르기까지 우리가 새롭게 정리하고 도전해야 하는 어린이 콘텐트는 너무도 많다. 〈우주소년 아톰〉에서 〈벤

10〉까지, 30년이 훨씬 넘도록 외국에서 사들인 콘텐트로부터 대한민국 어린이들은 꿈과 희망을 나눠가졌다. 이제 흐름을 바꿀 때다. (2008)

『스토리텔링 애니멀』, 조너선 갓셜, 노승영 옮김, 민음사, 2014
'이야기하는 동물, 인간'에 대한 연구서. 딱딱한 이론보다는 재미있는 일화로 엮어나가는 솜씨가 이야기를 논하는 학자답디. 이야기라는 큰 틀로 소설, 영화, 연극, 만화, 게임 등을 종횡무진 넘나든다. 누구나 이야기를 하지만 아무나 이야기를 '잘' 하는 것은 아니다. 그 차이는 어디서 비롯되는 걸까.

로봇 휴보가
시를 읊는 그날을 기대하자

청량한 가을 교정을 거닐다가 문득 그대 소식 궁금해졌지요. 늘 가까이 머무는 벗에겐 마음 내기 더욱 어려운 걸까요. 3년 전 휴보 랩Hubo Lab에서 그대를 처음 만났던 오후가 떠오르는군요. 연구원들은 그대를 친동생처럼 아꼈고 그대 역시 연구실이 친숙한 듯 거침없이 걷고 멈추고 인사하였습니다. '휴보 아빠'로 통하는 오준호 교수님께서는 그대를 주인공으로 멋들어진 로봇 퍼포먼스를 펼치고 싶다 말씀하셨죠. 그날이 오면, 부족한 필력이지만 그대에 관한 깊고 아름다운 시나리오를 짓고 싶습니다.

휴보, 그대를 만나기 전까지 제게 로봇이란 그저 '상상 세계'에서 노니는 존재였죠. 되돌아보면 국적이나 크기에 상관없이 참으로 많은 로봇과 만나고 놀고 헤어졌습니다. 아톰이 있었고 마징가 Z가 있었고 태권V가 있었네요. 짱가와 그레이트 마징가가 싸우면 누가 이길까 심각하게 다투고 "영이! 철이! 크로스!"를 외치며 골목을 누비던 시절, 로봇은 위험에 빠진 인류를 구원하는 영웅이었습니다.

지금 로봇은 '현실 그 자체'입니다. '로봇 만들기'의 저자 로드니 브룩스는 "2020년에는 로봇들이 우리 삶의 도처에 만연할 것"이라고 확신합니다. 『특이점이 온다』(김영사, 2007)의 저자 레이 커즈와일 역시 유전학, 나노공학과 함께 로봇공학을 인류의 미래를 획기적으로 바꿀 혁명적인 학문으로 꼽습니다.

산업용 로봇이나 의료용 로봇이 등장한 지는 오래되었고, 청소 로봇이나 잔디 깎기 로봇 등 생활 밀착형 로봇도 속속 선을 보이고 있습니다. 특히 어린이를 위한 장난감 로봇과 교육용 로봇은 인지과학의 발전에 따라 그 수준이 나날이 높아집니다.

더 많은 로봇이 더 빨리 더 가까이 인간에게 다가오는 만큼 두려움도 깊어지는 것 역시 사실입니다. 로봇이 인류를 지배하기 위해 음모를 꾸미고 살상을 일삼는 영화나 소설은 이 두려움의 반영이겠지요. 그러나 브룩스는 인간과 로봇을 선명하게 구분한 후 대결시키는 설정 자체를 비판합니다. 가까운 미래에는 순수한 로봇이 정복할 순수한 인간이 남아 있지 않을 것이라고. 로봇화된 인간과 인간화된 로봇의 공생이 보편화될 것이라고.

로봇은 창작을 위한 단순한 '소재'도 아니고 문화산업을 위한 '콘텐트'에만 머무르지도 않습니다. 로봇은 인류의 미래를 전망하는 획기적인 틀입니다. 컴퓨터 없는 하루를 상상하기 힘들듯이 로봇 없는 인류를 가정하기 어려운 시절이 도래한다는 뜻이죠.

골프 채널이나 요리 채널처럼 로봇만 다루는 독자적인 로봇 채널이 생길 테고, 로봇만을 위한 가게가 개업할 겁니다. 사이보그만 출입이 가능한 카페와 로봇 교사가 아이들을 관리하는 놀이방도 선을 보이겠지요. 로봇을 위한 엔터테인먼트도 특화될 겁니다. 감성공학의 성과를 바탕으로 인간의 희로애락을 섬세하게 표현하는 로봇 배우도 출현할 것이고, 로봇 가수나 로봇 스포츠 스타도 등장할 겁니다.

그날이 오면 휴보, 그대는 어디에 있을까요. 로봇 박물관 쓸쓸한 귀퉁이? 지금은 놀랍고 벅찬 일도 세월이 지나면 어색하고 어리석고 촌스러울지 모릅니다. 9시 로봇 뉴스를 이끄는 로봇 채널의 탁월한 앵커? 변신에 변신을 거듭한 끝에 새로운 로봇 문화의 첨병으로 자리잡을 수도 있겠지요.

친애하는 벗, 휴보! 저는 그대가 세계 최초의 '시인 로봇'이 되었으면 합니다. 지금은 활기차게 걷고 밝게 인사하는 정도에 머무르지만 로봇의 아픔과 외로움을, 저 어리석은 인간들도 깨치도록 멋진 언어로 옮겨주었으면 하는 거죠. 로봇으로 던져진 것이 어찌 로봇의 잘못이겠습니까. 그렇게 던져진 후에도 자신의 역할에 충실하며 살아가는 로봇의 내면 풍경이 몹시 궁금하군요. 망각의 시간을 견디면서 우아하고도 날카롭게 인간과 로봇의 공생을 운율에 실어 기록하는 역할을 맡았으면 좋겠습니다.

로봇이 시를 읊기까지는 또 많은 과학자의 열정과 노력이 필요하겠지요. 인간인 '척'하는 로봇이 아니라 인간의 마음까지 알고 표현하는 로봇과 하루빨리 독창적인 퍼포먼스를 벌이고 싶습니다. 함께 즐기는 것은 함께 일하고 공부하는 것보다 훨씬 벅차고 아름다운 만남입니다. 오늘은 제가 문득 그대를 찾아갔지만 그 어느 날엔 그대가 문득 저를 방문할 수도 있지 않을까요. (2008)

『휴보이즘』, 전승민, MID, 2014

로봇 휴보의 모든 것. 과학전문기자인 저자의 꼼꼼한 취재가 돋보인다. 내가 KAIST 문화기술대학원에 재직할 때, 바로 이웃 건물에 휴보 랩이 있었다. 덕분에 종종 오준호 교수님과 대화도 하고 랩도 방문했다. 휴보를 만들고 움직이는 과정을 직접 본 것은 정재승 교수님과 함께 장편소설 『눈먼 시계공』(민음사, 2010)을 쓸 때도 큰 도움이 되었다.

살아서 돌아온 자만이
여행기를 남기는 법이다

우리는 왜 고향으로 가는가. 반복은 아름다운가. 매일 밥을 먹는 일, 잠을 자는 일, 출근하는 일. 반복은 지겨운가. 매년 가족의 생일을 챙기는 일, 명절마다 고향에 가는 일. 고향이 어디냐는 질문을 받을 때면 머뭇거린다. 진해에서 태어나 창원에서 초등학교를 다녔고 마산에서 중·고등학교를 마친 후 상경했기 때문이다. 상대가 친근하면 '마진창'이라고 얼버무리며 한바탕 웃지만, 보학譜學에라도 관심을 두면 진해에서 태어났지만 스물일곱 살이 돼서야 그 작은 군항 도시를 고향으로 받아들였노라 장황하게 답한다.

스물일곱, 나는 대학원을 수료하고 해군사관학교 교관으로 진해에 내려갔다. 그리고 소설 습작을 시작했다. 뒤늦게 소설가가 되기 위해 원고지를 메워나갈 때면 완성하는 문장보다 찢어버리는 파지가 더 많았다. 답답한 마음을 달래기 위해 밤거리를 걷다가 커피숍이나 영화관 혹은 '흑백다방' 같은 음악감상실에 홀로 들어갔고 또 홀로 나와서 밤바다를 쳐다보며 노래 부르고 술을 마셨다. 그렇게 해군 장교로 복무하며 장편소설가로 등단했고 제대와 동시에 진해를 떠났다.

그후로 나는 바다에 관한 소설을 여럿 썼다.『불멸의 이순신』(민음사, 2014)『독도평전』『파리의 조선궁녀, 리심』(민음사, 2006)은 물론 소설『혜초』(민음사, 2008)도 천축국 인도를 향해 뱃길로 나선 젊은 수도승의 모험을 담았다. 왜 이렇듯 해양 문학에 매혹되었을까. 습작에 몰두한 곳이 진해인 탓이다.

또한 나는 작은 마을에서 뒤늦게 자신의 열망을 깨닫고 큰 세상으로 나아가 그 열망을 현실로 바꾸기 위해 노력하는 젊은이에 관한 소설을 여럿 썼다.『허균, 최후의 19일』(민음사, 2009)을 지나 백탑파 시리즈에서, 운명과 맞서 싸운 도저한 영혼들과 함께 피 흘리며 눈물을 쏟았다. 왜 이렇듯 비극에 빠져들었을까. 습작에 몰두한 곳이 진해인 탓이다.

그래서 고향이 어디냐고 물으면, 세 살도 되기 전에 떠난 진해가 아니라 스물일곱 살부터 서른 살까지 보고 듣고 만지고 뒹군 진해라고 사족을 달며 답한다. 그 시절 진해에서 나는 날마다 절망했고 그 절망의 무게를 견디며 소설가로 탈바꿈했다.

사람들은 해마다 명절이면 고향을 찾는다. 나는 소설이 써지지 않을 때, 소설이 나를 지치게 만들 때, 진해를 품는다. 거기, 나만의 로터리들이 돌고, 이순신 장군 동상이 우뚝하며, 365계단이 높다. 거기, 홀로 문장 하나를 건지기 위해 밤을 꼬박 걷는 문학 청년이 있다. 거기, 소설가가 될 수만 있다면 전부를 잃어도 행복하겠다고 맹세하는 젊음이 있다. 그 풍광으로부터 나는 얼마나 멀리 왔는가. 그 맹목과 어리석음으로부터 나는 얼마나 자유로워졌는가.

고향엔 왜 가는가. 누가 있기 때문이다. 부모 형제일 수도 있고 친척이나 친구일 수도 있다. 그러나 고향엔 왜 가는가. 누가 없기 때문이기도 하다. 내 고향 진해에는 외할아버지, 외할머니, 할아버지, 아버지의 묘지가 있다. 스물일곱 살의 나를 기억하던 동료 교관들은 제대 후 전 세계로 흩어졌고, 내가 가르쳤던 생도들은 해군 장교로 임관하여 군함을 타고 서해와 동해를 지키느라 분주하다. 젊을 때는 반겨주는 누가 있기에 기뻤는데, 나이를 먹을수록 사라진 누군가를 기억하는 시간이 소중하다. 내게 참으로 소중한 이들이 세월과 함께 사라져 고향 뒷산에 묻혔다. 그들의 묘지 앞에서 나는 그들의 걸음걸이를 떠올리고 목소리를 흉내내고 우스꽝스러운 표정을 따라한다. 그리고 내 안에 들어와 있던 그들을 확인하며 놀라고 미안하고 아득해진다.

돌아오지만 않는다면 여행은 멋진 것이라고 괴테는 말했다. 그러나 살아서 돌아온 여행자만이 여행기를 남기는 법이다. 고향엔 왜 돌아가는가. 너무 멀리까지 가서 행여 돌아오지 못할까 하는 두려움을 가리기 위함이다. 고향에 다시는 돌아가지 않겠다고 큰소리치는 사람에게조차 고향은 텅 빈 중심이다.

고향이 어디냐고 묻는다면 아직까진 진해라고 답해야겠다. 내 나이 쉰이나 예순에 갑자기 소설가가 아니라 다른 업을 택하고 싶어지면, 그 업을 위해 노력하는 밤들이 있을 테고 절망하며 걷는 거리 역시 가로등 밝히며 나타나겠지. 그땐 그 도시가 고향이 되리라. 내 나이 열 살 때, 지금은 돌아가신 아버지께 고향을 여쭸더니 "진해!"라고 하셨다. 평안북도 영변에서 태어나지 않으셨느냐고 다시 물었더니 내 머리를 쓰다듬으며 또 "진해!"라고 하셨다. 당신께서도 진해에서 큰 절망과 희망을 길어올리셨을까. 그리운 사람을 그리워하고픈 추석 저물 무렵, 반복은 아름답다. (2008)

『김달진 시전집』, 김달진, 문학동네, 1997
진해를 대표하는 시인은 김달진이다. 그를 기리는 문학상도 제정되었다. 창원을 대표하는 작가는 이원수다. 동시 「고향의 봄」에서 그 고향이 바로 창원인 것이다. 마산을 대표하는 조각가는 문신이다. 유럽을 두루 다니며 예술촌을 키운 그는 말년에 고향으로 돌아와서 미술관을 세웠다. 세 도시가 하나로 통합되면서 예술가들의 멋진 작품도 어우러졌다. 이제 누가 내 고향의 대표적인 예술가냐 물어오면 김달진, 이원수, 문신이라 답한 뒤, 그 외에도 아주 많다고 자랑한다.

스토리텔러가 아닌,
스토리 디자이너가 되라

바야흐로 신학기다. 교수는 너나없이 2학기 교안을 짜느라 분주하다. 국문과와 문창과를 떠나 융합형 교육에 몸담기 시작하면서 내가 가르치는 과목도 무척 달라졌다. 가령 문화 콘텐트 창작 입문 과정에는 '스토리 디자인'이 있다. 수업 첫 시간에 나는 미래의 이야기 산업을 이끌 수강생에게 강조한다. 스토리텔러가 아니라 스토리 디자이너가 되라고.

스토리 디자이너란 무엇인가. 이야기의 기획부터 창작과 마케팅, 유통의 전 과정을 자신만의 방법으로 디자인하는 사람이다. 20년 전만 해도 작가는 이야기만 짓고, 기획과 마케팅 그리고 유통은 출판사 직원의 도움을 받았다. 21세기 이야기 산업을 주도할 작가는 이야기의 탄생부터 소멸까지 이야기의 일생을 한눈에 꿰고 있어야 한다.

이야기가 꼭 종이책에 얹힐 필요는 없다. 때로 이야기는 인터넷 게시판을 떠돌고 영화관과 텔레비전을 기웃거리다가 테마 파크에 들러 잠시 쉰다. 이야기의 구성 요소도 각각 나뉘어 대중과 만난다. 인형에서부터 아바타까지 변신한 등장인물이 입고 먹고 마신 것이 상품으로 탈바꿈한다.

이야기의 변화무쌍함에 대한 논의는 지금까지 주로 상업적 측면에 치우쳤다. 원소스 멀티유즈란 용어도 부가가치를 창출하는 마케팅의 방편으로 간주됐다. 스토리 디자이너는 이야기를 좀더 다양한 관점에서 폭넓게 조망할 수 있어야 한다. 전통적인 예술학적 관점 외에 사회학 역사학 경영학 공학 나아가 의학적 관점에서도 이야기를 연구해야 한다.

대표적인 스토리 디자이너로 영화감독 장예모를 꼽고 싶다. 몇몇 귀담아들을 비판을 수용한다 해도 그가 연출한 올림픽 개회식은 전통에 근거한 이야기 소재가 디지털 기술과 만난 대표적인 사례다.

거대한 퍼포먼스를 준비하면서 동시다발적으로 진행된 일련의 작업이 눈에 선하다. 아이디어를 모아 정리하고 배치하는 작업부터 아이디어를 구현할 기술을 하나하나 찾아 적용하는 작업, 거기에 투입할 막대한 자금을 효율적으로 나누는 작업, 수많은 참가자에게 책임감을 불어넣으며 훈련시키는 작업이 이뤄졌고 그 정점에 장예모가 있었다.

다양한 작업이 모일 때는 소통이 핵심이다. 서로의 단점을 보완하고 장점을 극대화하기 위해서는 상대방을 이해하고 배려하는 특별한 커뮤니케이션 능력이 중요하다. 복잡하게 뒤얽힌 관계망을 하나로 엮어 가공할 아름다움이 뿜어 나오도록 만든 스토리 디자이너, 그가 바로 장예모다.

영화감독 이안의 행보도 흥미롭다. 그는 아시아 감독이 지극히 동양적인 문제를 들고 헐리우드로 진출하던 관행을 깨뜨렸다. 이안은 각 문명의 핵심 사건을 단숨에 다룬다. 〈와호장룡〉에서 손가락 끝도 닿을 듯 닿지 않는 무협 남녀의 사랑을 그리다가 〈브로크백 마운틴〉에서는 미국 남부 카우보이의 처절한 동성애를 담았고, 다음엔 치명적인 〈색, 계〉로 껑충 옮겼다.

개구리처럼 이 세계에서 저 세계로 튀는 이안의 발걸음이 신나고 놀랍다. 그것은 기획의 힘이다. 왜 지금 여기서 이 이야기를 해야 하는가를 끊임없이 자문자답한 성찰의 결과다. 그가 만든 모든 작품이 흥행에 성공하고 높은 평가를 받지는 않았다. 그러나 같은 자리에 머무르며 자신의 작품을 스스로 표절하며 궁상떠는 겁 많은 이야기꾼에 비해 그의 도약은 얼마나 정직하고 눈부시고 용감한가. 가장 큰 보폭으로 문명과 문명 사이를 오가는 스토리 디자이너, 그가 바로 이안이다.

문제는 자세. 나와 전혀 다른 배경과 인생관을 지닌 이를 물리치지 않고 보듬는 자세, 낯선 문명을 배우고 익히는 자세, 참혹한 세상을 외면하지 않고 끝까지 해답을 찾아 물고 늘어지는 자세. 스토리 디자이너의 자세가 바르면 그와 협력하는 모든 이의 자세가 바르고 이야기도 멋지고 힘차다. 자세가 바르지 않으면 화려한 테크닉도 한낱 손재주에 머무른다.

스토리 디자이너가 되고 싶은 이여! 컴퓨터 자판부터 두드리지 말고 성찰하고 대화하라. 가슴에 품은 이야기를 수많은 방향에서 놓고 엎고 뒤엎으며 질문하라. 이것이 가장 바른 자세인가. 여기가 절벽의 끝인가. (2008)

『디지털 시대의 신인류 호모 나랜스』, 한혜원, 살림, 2010

이야기, 디지털 문명과 만나다. 영화와 텔레비전에서 시작하여 퍼스널 컴퓨터와 모바일에 이르기까지, 미디어의 변화 속에서 인류가 즐기는 다양한 이야기의 흥망성쇠를 밝힌다. 종이책 소설을 통해 이야기를 배우던 기존 방식을 넘어서서 디지털화된 이야기를 받아들이고 즐기는 신인류의 탄생. 이야기는 어디까지 뻗어갈 것인가. 종이책 소설은 어떻게 살아남을 것인가.

코미디가 심각한 현실이 되는 것만큼
슬픈 일은 없다

답사를 다니다보면 이야기가 유독 집중된 공간과 만난다. 노벨 문학상 수상작가 이보 안드리치는 보스니아의 작은 도시 비셰그라드에 놓인 '드리나 강의 다리'를 중심으로 서로 다른 문화의 만남과 충돌, 그리고 화해와 사랑을 그렸다. 일본 작가 무라카미 하루키가 애용한 공간은 우물이다. 말라버린 우물로 내려간 하루키의 주인공은 뼈아픈 역사를 만나며 때론 신비스러운 체험 속에서 상처를 위로받는다.

섬 역시 이야기가 차고 넘치는 공간이다. 제주도의 다양하고 멋진 신화를 읽어보라. 제주도 신들을 따라 천상과 지상을 누비다보면 그리스 로마 신화가 부럽지 않다. 『삼국사기』나 『삼국유사』에 전하는 이야기들과 등장인물도 주제도 사건도 완전히 다른 이야기들이 그득하다.

독도에 관한 이야기 역시 적지 않다. 먼저 우산국의 슬픈 운명이 눈길을 끈다. 모진 바다에서 하루하루를 연명한 섬나라 우산국 백성은 사납고 용맹하여 신라의 정예병을 두려워하지 않았다. 지증왕 13년(512년) 신라 장수 이사부가 우산국 정벌에 나섰을 때도 힘으로 누르지는 못했고, 꾀를 내어 나무로 만든 가짜 사자를 앞세워 항복을 받아냈을 따름이다. 그후로도 우산국은 멸망하지 않고 신라와 고려의 속국으로 명맥을 유지했다.

『고려사』를 살피면 현종 9년(1018년) 동북 여진의 노략질을 피해 뭍으로 나왔던 우산국 백성을 그다음 해 섬나라로 돌려보냈고, 현종 13년(1022년)에야 우산국 백성을 예주禮州에 영원히 살게 했다는 기록이 등장한다. 이사부에 점령당한 후 500년 동안 이 작은 섬나라에서는 무슨 일이 벌어졌을까. 통일신라에서 후삼국을 거쳐 고려가 새 나라를 여는 혼란기에 우산국은 무엇을 얻고 잃었을까. 장편소설 한 권은 나올 법하다.

안용복과 김옥균, 그리고 홍순칠도 독도를 위해 값진 일을 했다. 안용복과 홍순칠의 이야기는 동화책과 위인전으로 출간됐지만 고종 20년(1883년) 동남제도 개척사東南諸島 開拓使가 된 김옥균의 활약은 주목받지 못했다. 풍운아 김옥균은 울릉도와 독도로 옮기기를 희망하는 백성을 모집해 그해 4월부터 국가 차원에서 벌인 이주 업무를 총괄했고, 같은 해 9월에는 울릉도에 불법으로 건너와서 살던 일본인을 돌려보냈다. 1905년 시마네 현이 독도를 다케시마로 칭하기 22년 전의 일이다.

이야기가 흘러넘치니 희극도 한두 장면 있을 법하다. 미국 지명위원회(BGN)가 독도를 30년 전부터 '리앙쿠르 록스Liancourt Rocks'라고 명명했다고 한다. 독도를 다케시마라고 우기는 일본 정부만큼이나 코미디다. 리앙쿠르란 무엇인가. 1847년 10월 25일 만들어진 361톤급 프랑스 포경선이다. 1849년 리앙쿠르호는 고래를 잡기 위해 동해로 접어들었고, 1월 27일 선장 장 로페즈는 아름다운 바위섬을 발견했다. 보고를 받은 프랑스 해군성은 1851년 발간된 『수로지』 제4권에 리앙쿠르라고 이름 붙여 실었다.

식민지 개척에 열을 올리던 유럽 열강은 19세기 내내 일확천금을 꿈꾸며 아시아와 아프리카 혹은 아메리카로 떠났다. 새 항로에서 발견한 섬이나 강, 혹은 숲에 멋대로 이름을 만들어 붙였다. 그곳에 살던 이들이 오래전부터 부르던 이름은 무시되었다. 섬 하나를 놓고 서로 다른 이름이 등장하는 촌극이 벌어지기도 했다.

프랑스에게 독도는 리앙쿠르지만, 러시아에서는 독도의 서도가 올리부차(1854년), 동도가 메넬라이(1854년)라고 불렸고, 영국에서는 호닛(1855년)으로 통했다.

제국주의자들은 그들의 항해가 시작되기 훨씬 전부터 아시아와 아프리카 혹은 아메리카에서 대대손손 살아온 이들이 부여한 이름을 지웠다. 이름의 문제에 국한되지 않으며 그 섬과 강과 숲에 대한 권리 자체를 부정하려는 의도적 도발이다. 독도를 리앙쿠르로 명명한 일은 낡은 제국주의의 잔재이며 아시아와 우리네 역사에 대한 무지를 스스로 드러내는 꼴이다.

우리가 유럽이나 미국의 크고 작은 섬에 함부로 이름을 붙이지 않듯이 독도를 고래잡이배의 이름 따위로 더럽힐 권한이 없다. 그 이름에 프랑스의 선점권을 인정하는 것이 국제적 관행이라고 주장한다면, 이것이 얼마나 우스꽝스러운지 일깨우고 논쟁해야 한다. 코미디가 심각한 현실이 되는 것만큼 슬픈 일은 없다. (2008)

『독도, 지리상의 재발견』, 이진명, 삼인, 1998

한일 관계를 넘어, 서양인들에게 독도가 언제 어떻게 알려졌는가를 밝힌 연구서. 풍부한 고지도들 속에서 독도를 찾고, 나양한 이름이 부여된 과정을 추적한 노력이 돋보인다. 서양인들에겐 이름 없고 주인 없는 섬으로 간주되었지만, 그 섬의 이름과 주인이 누군지를 지도와 자료로 증명한다. 독도를 독도라고 불러야 하는 근거가 담긴 책. 소중하다.

햇빛을 저 반딧불과
비교하지 말라

촛불로 뜨거운 6월이다. 거리로 내려온 별무리처럼 총총 빛나는 불꽃을 따라 어느 가난한 병자를 떠올린다. 그의 이름은 유마다.

작년 여름 인도를 떠돌 기회가 있어 바이샬리란 도시에 들렀다. 흙탕물 속을 헤엄치는 물소 곁에서 1분을, 한 시간을, 한나절을 흘려보냈다. 홍수 탓에 길이 끊긴 저 건너 마을이 바로 내가 꼭 방문하고 싶었던 참 맑은 영혼의 고향이었기 때문이다. 그의 이름은 유마다.

1980년대 유마는 종교적 색채와 무관하게 민중 속으로 들어가서 민중과 함께 동고동락하는 지식인의 상징으로 받아들여졌다. 『유마경』 곳곳에 보살의 대비심人悲心을 강조하는 목소리가 뜨거웠다. "자식이 병들면 부모도 병들고 자식이 나으면 부모도 낫습니다. 보살도 마찬가지입니다. 모든 중생을 마치 외아들처럼 사랑

합니다. 중생이 병들면 보살도 병들고, 중생의 병이 나으면 보살
도 낫습니다."

　중생이 아프면 나도 아프다는 유마의 목소리는 황지우 시인의
「늙어가는 아내에게」에서 놀라운 사랑 고백으로 이어진다.

　그리고 내가 많이 아프던 날
　그대가 와서, 참으로 하기 힘든, 그러나 속에서는
　몇 날 밤을 잠 못 자고 단련시켰던 뜨거운 말:
　저도 형과 같이 그 병에 걸리고 싶어요

　같은 병을 앓고 싶다는 말보다 더 가슴 절절한 말이 있을까. 같
이 '죽는' 일은 극히 짧은 '순간'이지만 같이 '앓는' 일은 서로를
품고 이해하는 제법 긴 '동안'이다. 그의 병까지 내 것으로 받아들
인다면 이 세상에 감내하지 못할 일이 무엇이 있으리. 흔히 사랑
이야기에 질병이 동반되는 것도 이 때문이다. 그 병이 결핵이든
암이든, 사랑 이야기에는 궁극적으로 함께 아파하고픈 갈망과 더
이상 함께 아파하지 못하는 절망이 교차한다. 마음과 마음을 잇기
위해 몸과 몸을 같은 상태로 만드는 식이다.

　「늙어가는 아내에게」를 읽은 후, 프랑스 작가 아니 에르노의 소
설 『단순한 열정』(문학동네, 2015)을 펼쳐드는 것도 이 노저한 은유
에 매혹된 탓이다. "어느 날 밤 에이즈 검사를 해봐야겠다는 생각
이 들었다. '그 사람이 내게 그거라도 남겨놓았는지 모르잖아.'"

　세상 사람들이 모두 두려워하는 질병일지라도 사랑하는 이로

부터 나왔고, 하여 그와 함께 앓을 수만 있다면 기꺼이 받아들이겠다는 것! 고통의 시간을 같이 나누며 서로를 알아나가겠다는 마음! 이보다 더 정직한 사랑의 자세를 나는 알지 못한다.

2008년 6월, 대한민국의 화두는 '소통'이다. 지금까지 정부는 법을 이야기했고 관례를 거론했고 논리를 끌어들였다. 그러나 이런 말들의 잔칫상은 지루하고 식상하다. 소통에 전혀 도움이 되지 않는다. 대화를 시작하기 전에, 촛불을 들고 거리로 나섰던 국민과 같은 자세로 국민과 같은 병에 걸려 잠시라도 앓아보기를 권한다. 그 아픔이 얼마나 지독한가를 느끼지 못한다면 어떤 말도 헛것이며 소통은 불가능하다.

정부 대표단이 미국에 가서 추가 협상을 마치고 돌아왔는데도 촛불은 여전히 빛나고 있다. 할 만큼 했다는 소리도 들려오고 계속 더 목소리를 높이자는 주장도 있다. 과연 정부는 이 난제를 어찌 풀어야 할까. 지금이야말로 유마 거사의 목소리에 귀기울여야 한다. 그는 중생의 마음이 어디를 향하는지를 먼저 살피고, 중생을 그 지위나 능력의 단면에 따라 미리 예측하지 말라고 거듭 강조했다.

"대도大道를 열망하는 이들에게 작은 길을 제시하지 마십시오. 햇빛을 저 반딧불과 비교하지 마십시오. 큰 바다를 소 발자국 안에 넣으려고 하지 마십시오. 수미산을 겨자씨 안에 넣으려고 하지 마십시오. 대사자후를 들짐승들의 울음소리와 함께 취급하지 마십시오."

지금은 집회의 사소한 잘잘못을 따질 때가 아니라, "중생에게 이익이 되는 일을 늘 기쁘게 하면서 전혀 후회가 없는" 바로 그 '크나큰 기쁨(大喜)'을 추구할 때다. (2008)

『유마경』, 장순용, 시공사, 1997
인도 답사를 가서 유마 거사의 마을에 들렀다. 마침 홍수를 만나 길은 끊기고 집은 무너지고 굶주린 소년들은 깡마른 소 곁에 누워 있었다. 중생과 함께 아파한 유마 기사의 가르침이 설파된 지 2500여 년이 지났건만, 아직 가난한 자는 더 가난하고 병든 자는 더 병들고 외로운 자는 더 외롭다. 악순환을 끊을 길은 정녕 없을까. 유마 거사는 마음 급한 나를 꾸짖으며 중생의 차가운 손부터 품에 쥐고 덥히라 한다.

문화 콘텐트의 힘은
무한하다

이란 페르세폴리스로 답사를 다녀왔다. 답사를 주관한 여행사에서 보낸 주의사항에는 이란 여인에게 먼저 말을 걸지 말라고 적혀 있었다. 테헤란 공항에 내려 입국 수속을 마치고 나오자마자 뜻밖의 상황이 벌어졌다. 히잡을 두른 젊은 여인들이 먼저 다가와서 질문을 던지기 시작한 것이다. 머뭇거리는 쪽은 오히려 나였다. 한국에서 왔다고 하자 그녀들 고운 얼굴에 환한 웃음이 피어올랐다. "양금! 양금!" 하면서 같이 사진을 찍자고 했다. 양금은 어느 나라 금일까 궁금했다.

양금은 드라마 〈대장금〉의 주인공 장금의 이란식 이름이었다. 작년에 〈대장금〉이 방영되었을 때 시청률이 무려 80퍼센트를 넘었다고 한다. 한국에서는 30퍼센트만 넘어도 대박 운운하는데 80퍼센트라니 상상이 되지 않았다. 이란 어린이들은 비행기에서 내리는 일본인과 중국인을 향해서도 "양금!"이라고 외치며 손을 흔들어댔다. 미국이나 유럽에서 일본인이냐 중국인이냐는 질문을 받고 불쾌했던 기억이 새록새록 떠올랐다.

페르세폴리스로 가기 위해 테헤란에서 쉬라즈로 이동했다. 호텔 직원도 현지 안내인 페틴자드도 모두 여성이었다. 영어가 유창한 그녀에게 여행사에서 이란 여성에게 말을 걸지 말라는 주의사항을 적어주었다고 했더니, 어처구니없다는 표정을 지어 보이며 누가 그런 엉터리 정보를 주었느냐고 따졌다. 1970년대 말까지만 해도 이란은 일본과 함께 아시아의 두 마리 용이었으며 이슬람권 국가 중에서 여성의 사회 참여가 가장 많으며 철저하게 일부일처제를 따르는 국가라고 했다. 자신들은 아랍이 아니라 페르시아라고 힘주어 말할 때는 세계 문명이 탄생한 땅에 사는 이로서 자부심이 엿보였다.

페르세폴리스는 당대 세계 문화가 하나로 들끓는 용광로였다. 그리스 열주식列柱式 기둥 건축 양식, 이집트 석조 건축 양식, 바빌로니아 벽돌 축조 양식, 인도의 지붕 건축 양식이 한자리에 모인 것이다. 높이 솟은 돌기둥과 거대한 문도 웅장했지만 벽에 새긴 조각들이 더 눈길을 끌었다. 그리스 반도와 지중해를 건너 인도와 아프리카에 이르기까지 무려 23개 민족의 사신들이 페르세폴리스의 주인 다리우스 황제를 알현키 위해 궁전 입구 '민국萬國의 문門'에 줄지어 꼿꼿이 서 있었다.

알렉산드로스 대왕의 동방 원정이나 그리스와의 전쟁을 다룬 영화에서 페르시아는 하나같이 미개하고 힘만 센 나라로 묘사되었다. 할리우드 영화 〈300〉에 등장하는 건장하고 용맹한 스파르타 인과 기괴하기 짝이 없는 페르시아 왕 크세르크세스를 비교해 보라!

〈대장금〉이 방영되기 전까지 이란인들은 한국을 일본과 함께 부자 나라로만 인식해왔다. 그러나 드라마가 방영된 후 한국은 독자적인 음식 문화를 지녔으며 여성의 의로운 삶을 인정하고 포용한 아름다운 나라로 각인되었다. 남녀노소 구별 없이 한자리에 모여서 즐긴 드라마 〈대장금〉은 일찍부터 이란에 진출했던 삼성과 LG 그리고 경차 프라이드가 더욱 이란인들의 사랑을 받는 데 일조했다.

문화 콘텐트의 힘은 무한하다. 〈대장금〉이 중국과 일본, 동남아시아를 거쳐 페르시아 문명의 본산지 이란에서 사랑받을 줄 누가 짐작이나 했겠는가. 문화 콘텐트가 곧 한국의 미래 동력이라는 주장은 허언이 아니다. 국경과 인종을 넘어 대한민국을 사랑하게 만드는 길. 그 선봉에 문화 콘텐트가 있는 것이다. 지금 우리 앞에 '대장금 루트'가 활짝 열렸다. 어렵게 개척한 이 문화의 길로 더 뛰어난 문화 콘텐트를 보내야 한다. 이란을 넘어 터키나 그리스까지 뻗어나갈 채비를 서둘러야 한다.

4월 22일부터 국립중앙박물관에서 페르시아 특별전이 열린다. 실크로드 문화 교류사에서 이탈리아 로마는 서방의 출발점이었고, 페르시아는 실크로드의 허브였으며, 신라 경주(서라벌)는 동방 실크로드의 마지막 기착지였다. 나는 전시회에 가서 이란인의 친절과 페르시아 문명의 위대함을 되새길 것이다. 문화 콘텐트의 상호 유통은 단순히 경제적 이익을 창출하는 수단이 아니라 벗과 벗의 사귐이기도 하다. 벗이 먼 곳에서 찾아왔으니 또한 즐겁지 아니한가! (2008)

『유라시아 신화 기행』, 공원국, 민음사, 2014
읽고 걷고 보고 듣고 돌아와 쓰고 다시 읽는, 여행하는 인문학자 공원국의 야심이 드러난 책. 겉으로 오가는 것은 돈과 재물이지만, 속으로 면면히 흘러 퍼지는 것은 신들의 이야기다. 신들의 이야기를 따라 새롭게 길을 내고 마을을 만들고 축제를 열면 전혀 새로운 소설이 만들어지리라. 페르시아는 그 소설의 핵심 중 하나다.

불안과 매혹은
살아 있다는 증거다

3월과 함께 새 학기가 시작되었다. 새내기가 오가는 교정은 봄 바람과 함께 싱그러움으로 넘쳐난다. 갓 스무 살, 나는 꿈 많던 그 시절을 규정하는 대표적인 단어로 '매혹'과 '불안'을 꼽는다.

매혹이란 무엇인가. 프랑스 비평가 모리스 블랑쇼는 지적했다. "글을 쓴다는 것은 시간의 부재, 그 매혹에 몸을 맡기는 것이다"라고. 어찌 글쓰기뿐이랴. 자신이 택한 일에 몰두하여 시간의 흐름 조차 잊는 것, 저물 무렵 일을 시작하여 길어야 30분쯤 지났으리라 여겼는데 밝아오는 동쪽 창문에 깜짝 놀라는 것, 그것이 바로 매혹이다. 스무 살은 자신을 매혹시키는 일을 찾고 그 일에 온몸 온 마음 바쳐 몰두하는 시절에 다름아니다.

그렇다면 불안이란 무엇일까. 소설가 프란츠 카프카의 문학 청년 시절을 예로 들어보자. 밤을 꼬박 새워 쓰고 또 쓴 습작을 통해 카프카는 글쓰기가 얼마나 매혹적인 일인가를 알아버렸다. 오직 글만 쓰면서 하루를 한 해를 평생을 보내고 싶은 것이다. 열정을 다하여 글을 짓던 카프카도 늘 불안감에 휩싸였다. 자신의 욕망에 필적할 만큼 완성도 높은 작품을 쓰지 못할지도 모른다는 걱정이었다.

1912년 9월 22일 밤을 새워 「선고」란 단편을 완성하고는 "모든 것이 표현될 수 있을 듯하고, 큰 불이 준비되어 그 불속에 모든 것, 가장 기이한 생각들조차도 불타 사라져버리는 것 같다"며 기뻐하는 카프카. 1914년 중편 「변신」을 완성한 후 "「변신」에 대하여 심한 혐오를 느낀다. 마지막 부분은 읽을 수가 없을 지경이다. 근본적으로 불완전하다. 그때 사업 여행으로 방해를 받지 않았더라면 훨씬 더 잘 쓸 수 있었을 텐데"라며 극도의 불안을 드러내는 카프카. 프라하의 섬세한 소설가는 과잉된 매혹과 과잉된 불안 사이를 시계추처럼 오갔다. 이 위험한 외줄타기가 젊음의 순수한 표정이고 현재까지 전 세계의 젊은이들이 열광하는 이유인지도 모른다.

스무 살은 성공을 향한 욕망이 큰 만큼 좌절로 인한 두려움도 깊고 자신의 실패를 남 탓으로 돌리는 경우도 잦다. 과연 카프카가 "사업 여행으로 방해를 받지 않았더라면" 탁월한 소설을 썼을까. 내 아버지가 조금 더 부지였더라면, 이 내학교가 아니라 저 대학교에 합격했더라면, 사사롭게 쓸 시간이 넉넉했더라면, 스무 살 젊은이는 좀더 쉽게 불안을 이기고 좀더 아득한 매혹으로 나아갔을까.

모리스 블랑쇼는 젊은 카프카의 변명을 날카롭게 비판한다. 블랑쇼에 따르면 작가에게 이로운 상황이란 영원히 찾아들지 않는다. 자신의 모든 시간을 전부 바친다 해도 충분하지 않다. "자기의 시간을 글쓰는 것으로 보내야 하는 것이 아니다. 더이상 작업도 존재하지 않는 또다른 시간 속으로 이동하는 것, 시간이 상실되는 지점, 매혹과 시간의 부재가 주는 고독 속에 돌입하는 지점으로 접근하는 것이 문제다."

스무 살 대학 새내기에게 불안과 매혹은 동전의 양면과 같다. 그들에게 주어진 과제는 외적인 변명 따윈 일찌감치 접고 일 그 자체가 내뿜는 매혹에 다가가는 것이다. 불안을 이기지 못해 일로부터 멀어지거나 자책하며 일을 포기하는 것만큼 어리석은 선택은 없다. 조각가 오귀스트 로댕도 처음부터 〈지옥문〉이나 〈칼레의 시민〉 같은 걸작을 만들 수 있었던 것은 아니다. 『츠바이크의 발자크 평전』(푸른숲, 1998)에서 츠바이크는 훗날 「인간희극」이라는 전대미문의 소설 전집을 남기는 대작가의 보잘것없는 젊은 날을 꾸밈없이 전한다. "이 못된 젊은이의 재능이 아주 작은 흔적이라도 보인 적이 있었던가? 한 번도 없었다! 학교마다 그는 벌 받는 자리에 있었고 라틴어는 32등이었다!"

불안과 매혹은 살아 있다는 증거다. 불안도 사라지고 매혹도 없는 일상이 백배는 더 위험하다. 미래의 안락을 정해두고 현재를 단지 그곳으로 가는 수단쯤으로 파악하는 삶이 천배는 더 끔찍하다. 어제는 지나갔고 내일은 오지 않았으니, 언제나 첫 마음으로 돌아가서 매혹에 떨고 불안에 잠길 일이다.

갓 스물의 젊은이여, 불안한가? 책상 앞으로 바짝 다가앉으라. 불안한가? 잠을 줄여 그대 일에 몰두하라, 즐겨라. 불안은 매혹의 어머니일지니. (2008)

『카프카, 권력과 싸우다』, 박홍규, 미토, 2003

카프카 평전. 이 책에는 밤과 내면과 불안에 익숙한 소심한 카프카는 없고 권력에 대항하여 적극적으로 싸운 카프카만 있다. 문학 비깥에서, 특히 법과 제도의 관점에서 카프카의 생애와 글쓰기를 새롭게 짚는다. 자본주의의 수많은 권력과 싸우기 위해 카프카가 택한 방법이 곧 글쓰기인 것이다. 글 싸움꾼 카프카! 고민할 지점이다.

삶의 이치는
'도道'에 다 있다

새해 첫날 『삼국유사』를 편다. 고전에 대한 정의는 여러 가지가 있겠지만, 내게는 읽어도 읽어도 또 읽고 싶은 책이 바로 고전이고, 『삼국유사』는 항상 첫머리에 놓인다. 올해 내 눈길을 끈 대목은 인도까지 다녀온 신라 승려들이다. 아리나, 혜업, 현태, 구본, 현각, 혜륜, 현유 등이 당나라를 거쳐 인도로 갔고, 현태를 제외하곤 아무도 돌아오지 못했다.

유학길에 올랐던 원효가 해골 물을 마신 후 발길을 돌린 일을 언급하지 않더라도, 왜 어떤 승려는 죽을 각오로 그 먼 오천축五天竺까지 가고 왜 어떤 승려는 토굴 안에 스스로를 가둔 채 몇 년을 두문불출할까. 마르코 폴로나 이븐 바투타의 여행기를 읽을 때도 비슷한 의문이 들었다. 이들을 평생 떠돌게 만든 힘은 무엇일까.

지구촌 가족이니 글로벌 시대니 하는 단어들이 유행해도, 집

떠나면 고생인 것은 예나 지금이나 마찬가지다. 철저히 준비하고 나선 여행길도 작은 방심이나 뜻하지 않은 실수로 어려움을 겪는 다. 그때마다 따뜻한 고향 인심과 내 가족의 밝은 얼굴이 그립다. 당장 돌아갈 마음이 굴뚝같은데도 여정을 접지 못하는 것은 낯선 길로 뛰어든 목적이 있기 때문이다. 나는 왜 일상을 벗어던지고 이곳까지 왔는가. 자문자답의 밤이 길어진다.

2007년 내내 한국이 낳은 세계적인 여행가 혜초의 발길을 좇 느라 분주했다. 『왕오천축국전』을 펴들고 여름에는 2주 동안 인 도를 돌았고 가을에는 또 2주 동안 한번 들어가면 되돌아 나오지 못한다는 타클라마칸 사막을 따라 길게 뻗은 실크로드를 다녔다. 이 겨울이 가기 전에 혜초가 여행을 시작한 중국 광저우와 숨을 거둔 오대산을 살필 예정이다.

답사 여행을 통해 나는 혜초의 단정하고 깊은 문장에 새삼 감 탄했다. 가령 혜초는 이렇게 적는다. "다시 소륵에서 동쪽으로 한 달을 가면 구자국에 이른다." 소륵의 현재 지명인 카슈가르에 서 구자국의 현재 지명인 쿠처까지는 기차로 15시간이 넘게 걸린 다. 긴 사막 길을 가는 동안 혜초는 수많은 난관에 봉착했을 것이 다. 현재 서점에 진열된 각종 여행기에는 낯선 길의 고통과 신기 한 체험, 독특한 풍광을 묘사하는 문장이 대부분을 차지하고 있 다. 그러나 지금보다 몇 배는 더 고통스러웠을, 갈라 터진 발바닥 과 주린 배를 안고 걷고 또 걸었을 혜초는 단 한 줄의 불평도 없이 담담하게 길의 방향과 기간만 적고 만다.

고통을 안으로 삭히는 데 익숙한 혜초도 고향을 그리는 마음

만은 감추기 어려웠다. 남인도로 가던 길에 혜초는 "달 밝은 밤에 고향 길을 바라보니 뜬구름은 너울너울 돌아가네"로 시작하여 "일남에는 기러기마저 없으니 누가 소식 전하려 계림으로 날아가리"라는 시를 지었다. 계림은 신라의 다른 이름이다.

우리네 인생은 흔히 시간을 따라 회고된다. 〈서른 즈음에〉와 〈내나이 마흔 살에는〉 〈어느 60대 노부부 이야기〉처럼, 10년 단위로 나이를 먹는 감회를 잔잔히 읊는 노래도 많다. 우리네 인생은 또 한 공간을 따라 그 의미를 탐색할 수도 있다. 맹모삼천지교의 예에서 보듯 어디에 살았고 살고 살 것인가가 한 인간의 삶에 미치는 영향은 절대적이다. 그동안 내가 정붙이고 오간 동네를 떠올려보라. 그 꾸불꾸불한 길모퉁이 집에 처음 닿았을 때의 당혹스러움을 적어보라. 한 살 더 먹은 내 나이가 어색하듯 처음 이사 간 집도 무척이나 불편했다. 그러나 곧 새로운 나이와 집에 적응하는 과정을 우리는 또한 '인생'이라고 불렀다. 시간과 공간을 겹쳐서 삶을 반성하면 더더욱 금상첨화이리라.

인생을 여행에 비유하는 것은 참으로 옳다. 때로는 스스로 용기를 내어 낯선 곳으로 가기도 하지만 때로는 마지못해 수동적으로 이끌리기도 한다. 계기가 무엇이든, 길 위에 올라선 다음에는 과정 자체를 즐기며 최선을 다하는 자세가 필요하다. 예수님도 부처님도 공자님도 길 위에서 배우고 길 위에서 가르치며 길 위에서 자고 먹고 마시며 길 위에서 새로운 세상을 꿈꾸지 않았던가. 삶의 이치를 '길 도道'로 압축하여 표현해온 것이 예사롭지 않다.

여러분은 어떤 낯선 곳을 찾아가시려는가. 그곳은 마을일 수도

있고 분야일 수도 있고 또 사람일 수도 있겠다. 그곳이 어디든 부디 행복하시기를 빈다. (2008)

『삼국유사』, 일연, 민음사, 2008

고구려까지는 어렵겠지만, 이 책 들고 신라와 백제를 답사하며 늙어가고 싶다. 천오백 년도 훨씬 전 감각을 캐고 생각을 줍고 기억을 두드려, 내 문장으로 옮겨보고 싶은 갈망. 이것은 김유신의 뼈요 저것은 성왕의 살이며 그것은 연개소문의 피로다! 무엇이 고려 고승 일연으로 하여금 세 나라 이야기에 젖어들게 했을까. 시간이 지나고 사람이 죽고 나라가 없어져도 변치 않는 무엇, 그 무엇이 궁금하다.

『혜초』, 김탁환, 민음사, 2008

여행가 혜초의 세계여행을 담은 장편소설. 혜초의 길을 답사한 후 『왕오천축국전』의 각 지명을 장제목으로 삼아 창작되었다. 다양한 종교, 인종, 문화의 만남과 섞임을 이야기로 녹여냈다. 고선지와의 만남도 이채롭다.

오늘이야말로 올바름으로 돌아가는
첫걸음일지니

맑은 내 따라 간들바람 오가는 밤입니다. 내내 건강하신지요. 연경(燕京·베이징) 지나 서국(西國·인도) 넘어 야소(耶蘇·예수)의 고향까지 서책을 오가며 주유하고 계신다는 소식, 어제 초정(楚亭·박제가)에게 들었습니다. 길 위에서 만나고 깨닫고 미치고 되돌아보는 삶에 여전히 매혹되어 계시는군요. 세월이 가도 배움을 얻는 자세는 한결같은가봅니다. 공맹(공자와 맹자)과 석씨(석가모니), 그리고 야소를 합쳐놓은 것보다 더 크고 멋진 가르침 기대하겠습니다.

거북 등처럼 답답답답 맑은 내 가렸던 길 걷어내기로 했다는 서찰 예전에 올렸었지요. 그 내 위에 각양각색 스물두 다리가 제 모양 뽐내는 첫 밤입니다. 이 저녁만은 서책을 덮을까 합니다. 처음, 초발심, 첫인상 이런 말들의 부질없음을 깨달은 지 오래지만, 맑은 내에 대한 그리운 기억 더듬기 위해서는 거리로 나설 수밖에 없네요.

운종가(雲從街·종로 거리)로 모여든 백성이 흘러흘러 잔치판에 닿습니다. 저도 그 틈에 끼어 밤공기 마셔봅니다. 감感과 동動이 찾아듭니다. 만백성이 같은 마음 같은 걸음으로 같은 곳을 향해 나아가기를 얼마나 치열하게 열망했던가요. 하나 우리들이 이 거리를 노닐 때는 단지 들뜬 바람으로만 그쳤습니다. 정조대왕께서 돌아가시자마자 그 바람은 한줌 재로 한 방울 눈물과 피로 바뀌고 말았습니다. 그후로도 열망은 불씨처럼 되살아났지만 희망과 기쁨을 낳기보다 애통과 분노가 더 많이 쌓였지요.

내를 따라 오색 횃불 줄 잇고, 한성부 판윤(지금의 서울시장)을 비롯한 당상 당하(여러 관료) 얼굴에도 웃음꽃 가득합니다. 이만큼이나마 옛 모습 되찾은 걸 만족하는 듯도 합니다. 앞으로도 이들의 열망은 이루어질까요. 또 얼마나 많은 난관이 그들을 기다리고 있을까요.

잔치란 기쁜 것, 신나는 것, 행복한 것이겠지요. 이 밤 내내 먹고 마시고 노래 부르고 춤춘다 한들 탓할 일이 아닙니다. 하나 오늘이 단지 올바름으로 돌아가는 첫걸음에 지나지 않음을 잊지 말아야 하겠습니다.

맑은 내란 무엇입니까. 이 내에는 한숨과 고통, 걱정과 슬픔이 녹아 있습니다. 고달픈 세상살이 한탄하며 흘린 눈물과 나라님 벼슬아치들 탓하며 이 다리 저 골목에서 뱉은 침도 섞였습니다. 그 상처들 모이고 고여 썩지 않고 쉼 없이 흐르기에 맑은 내지만, 맑음 그 자체를 위한 맑음은 결코 아니라는 가르침, 저들도 아로새겼으면 하네요. 흐리고 탁한 모든 것 넉넉하게 품어 맑음으로 바꾸는 지혜를 배웠으면 합니다.

아, 눈 감으니 맑은 내 따라 거닐던 백탑(白塔·원각사지 10층 석탑) 아래 벗들(북학파의 친구들) 떠오르네요. 일찍이 단원(檀園·김홍도)은 정조대왕의 명을 받들어 맑은 내 주위를 맴돌며 빠르게 붓을 놀렸었지요. 아름답고 귀한 풍광 아니라 텁텁한 바람과 걸쭉한 육담, 경쾌한 아낙들의 빨랫방망이질과 뛰노는 아이들의 재잘거림을 담았습니다. 탑전에서 그 그림 보시고, 전하께서 맑은 내를 거니신 적도 여러 번이었지요. 천하 민심을 살필 수 있는 곳이 바로 맑은 내였습니다.

담헌(湛軒·홍대용) 선생 철현금(鐵絃琴·현악기) 또한 맑은 내와 어울리면 더욱 낭랑했습니다. 대국 말로 풍아風雅를 읊으며 높은 듯 짧고 낮은 듯 길게 현을 켜면, 음률 전혀 모르는 천것도 그 자리에 앉고 컹컹 짖던 개들도 입을 다물었습니다. 소리와 가락은 물론 진중하고 우아하며 때론 화려했지만 그 속에 묻어나는 슬픔 또한 깊디깊었습니다. 소리만 고우면 무엇하는가. 가락만 유장하면 무엇하는가. 세상과 음률이 하나로 모이지 않는 시절을 탓하며 스스로 흥을 꺾어버린 곳도 바로 맑은 내였습니다.

초정이 물소 이마에 칼날 눈썹 치뜨고 울분 토하던 자리가 저기 영도교쯤이던가요. 영재(泠齋·유득공)가 조련시킨 염주비둘기를 날리던 새벽, 계함(季涵·김영)과 나란히 누워 천문 논하던 밤, 아낙네들을 괴롭히던 포졸과 시비가 붙은 야뇌(野餒·백동수)를 겨우 뜯어말리던 한낮, 수표교 다리 밑에 핀 꽃을 그리다가 내에 빠졌던 화광(花狂·김진)의 아침도 물론 잊을 수 없지만, 제게는 선생과 거닐던 8년 전 그 저물 무렵이 특별합니다.

발바닥에 온 마음을 집중하라 하셨지요. 내川가 우는 소리가 들리느냐고. 내를 울리는 나라치고 번성하는 시절을 본 적 없다 하셨죠. 백성의 소리는 하늘의 소리일 뿐만 아니라 맑은 내의 소리이기도 하다 하셨습니다. 덮어버린다고 사라지지 않는다고, 어둠에 갇힐수록 울부짖음은 더 독하고 오래가는 법이라고 하셨습니다. 저는 딱딱하고 검은 도로만 내려다보며 어떤 말씀도 여쭙지 못했습니다. 많은 이가 업業을 잃고 더러 스스로 목숨까지 끊던 시절이었으니까요. 그 절망은 화려한 치장 아래 더욱 흉물스러운 얼굴로 숨어 지금도 도성의 밤을 앓고 있습니다.

그때, 선생은 지나가는 말로 "요즈음 것들은 풍류風流를 몰라"라고 하셨습니다. 풍류, 두 글자가 뒤통수를 치더군요. 힘들다고 꽁꽁 덮어두고 외면해서는 그 상처를, 빈익빈 부익부 양극화의 틈을, 두려움을, 한을 씻을 수 없습니다. 한바탕 벌여놓고 신명나게 놀아젖혀야 하는데, 젖줄인 맑은 내와 놀이마당인 다리가 땅에 꼭꼭 파묻혀 있었던 것이지요.

그 가르침 오늘밤도 걸음걸음 새롭습니다. 저이들은 맑은 내와 더불어 많은 바람을 품겠지요. 백탑보다 높은 계획도 세울 겁니다. 저는 이 맑은 내에서 백탑파의 풍류가 살아나기를 바랍니다. 노래 부르되 담헌같이 아득하고 술 마시되 야뇌처럼 호탕하며 밤하늘 우러르되 계함처럼 예리하고 꽃나무 살피되 화광처럼 세심

했으면 좋겠습니다. 이렇게 다양한 이들이 일상의 고단함 잠시 내려놓고 함께 어우러져 도성의 낮과 밤을 즐기면서 푸른 인연 맺는다면, 그 기쁨은 연경 유리창에 처음 발을 디딜 때보다도 못하지 않을 겁니다.

어서 돌아오십시오. 모기 대가리만한 글씨로 서책만 냅다 판다 놀리셨지만 저도 지금부턴 맑은 내에 발 담그고 다리 건너 귀밑머리 고운 여인에게 농弄도 붙이렵니다. 길 위에서 태어나고 스러지는 생生이 무엇인지 겨우 알았구나, 웃음 지어 보이실 날 기다립니다. 도성 안에서만 이렇듯 옛 풍류 찾아서야 어디 쓰겠습니까. 도성 아닌 곳 팔도강산 어디에나 명지바람 내내 불어야겠지요. 상처는 날려버리고 고통은 떠안은 채 유유히 흘러가야겠지요.

적당한 자리에 엉덩이 붙이고 맑은 술 한잔 쳐야겠습니다. 흥에 겨워 나온 이들 벗 삼아 대취하렵니다. 문득 취해 고개 숙이면 내에 비친 나약한 사내가 모처럼 함박웃음 짓겠군요. 그 사내에게도 역시 한잔 따르겠습니다. 오래전 풍류에 젖은 선생께서 그리하셨던 것처럼. (2005)

『벽광나치오』, 안대회, 휴머니스트, 2011

백탑파와 함께 15년을 보냈다. 18세기엔 한 가지 일에 미쳐 경지에 이른 인물이 적지 않다. 이 책에 소개된 11명 역시 고질병자, 미치광이, 게으름뱅이, 바보, 오만한 사람으로 비쳤지만 평생 자신이 좋아하는 일에 몰두하여 실력을 쌓은 프로페셔널이다. 책 읽는 바보(간서치) 이덕무 역시 이들과 궤를 같이한다. 이야기에 미친 자는 무엇이라고 불러야 할까. 설광說狂일까.

이야기 산업의 미래를
준비하라

　베르나르 베르베르, 오르한 파묵, 요시모토 바나나 등 외국 유명 작가들의 방한이 이어지고 있다. 이들의 소설은 이미 하나의 트렌드로 자리잡은 지 오래다. 자국 영화를 보호하기 위한 '스크린 쿼터'는 있어도 자국 소설을 보호하기 위한 '스토리 쿼터'는 존재하지 않는다. 국가나 민족 단위로 소설이 창작되고 유통되던 시절은 지나갔다. 독자들의 애국심에 호소하는 것만큼 어리석은 일은 없으며, 작가들은 적자생존의 냉혹한 시장에서 작품성으로 정면승부를 벌여야 한다.
　영화나 드라마의 원작 역시 국경을 넘어선 지 오래다. 〈올드보이〉 〈미녀는 괴로워〉 〈플라이 대디 플라이〉의 원작은 모두 일본 작품이다. 영화나 드라마 연출을 희망하는 이들 중 상당수가 일본 만화나 일본 소설 마니아란 사실도 낯선 이야기가 아니다. 한국 소설이나 한국 만화의 판매가 저조한 상황에서도 오쿠다 히데오의 소설들과 『신의 물방울』『노다메 칸타빌레』등의 일본 만화는 날개 돋친 듯 팔렸다. 나날이 성장하는 뮤지컬 시장 역시 상황은 별반 다르지 않다. 뛰어난 소극장용 창작 뮤지컬이 없는 것은 아니지만, 대극장용 뮤지컬은 대부분 미국이나 유럽에 비싼 라이선스 비용을 내고 들여온 작품들이다.

이야기 산업은 스토리텔링이 핵심적인 역할을 하는 콘텐트로 문화가치를 창출하는 산업이다. 기존 이야기 산업이 문학, 영화, 연극, 드라마 등 예술을 중심에 두었다면, 디지털 콘텐트의 발달과 함께 21세기 이야기 산업은 예술 외적인 영역으로 확대되고 있다. 게임의 가공할 만한 문화적, 경제적 파급 효과는 이미 확인된 바 있으며 제품 광고나 기업 광고, 기업 경영과 개인 경영에서도 스토리텔링 기법을 활용한 논의들이 활발하게 이뤄지고 있다. 아직 그 수준이 탁월하진 않지만 이야기를 자동으로 만들어내는 소프트웨어도 만들어졌으며, 이야기를 단순히 보고 듣고 읽는 수준에 머무르지 않고 오감을 통해 온몸으로 이야기 자체를 즐기는 가상현실에 대한 연구도 상당히 진척되었다. '이야기 말하기(story-telling)'의 수준을 넘어 '이야기 하기(story-doing)'의 차원까지 넘보고 있는 것이다.

인터넷 공간은 이야기 산업의 새로운 가능성이다. 숫자를 헤아릴 수 없을 만큼 많은 이야기들이 웹사이트의 블로그나 게시판을 통해 만들어지고 유통되고 사라진다. 이들은 종이책을 통한 이야기와도 다르고 전자책에 담긴 이야기와도 다르다. 다양한 주제에 동시다발적으로 모여 떠들며, 댓글을 통해 그 이야기의 장단점을 같은 공간에서 논박하고, 또 순식간에 빠져나간다. 혹자는 제2의 구술문화 시대로 접어들었다고도 하고, 혹자는 작가가 일방적으로 이야기를 만들고 독자가 이미 완성된 이야기를 받아들이던 단계를 벗어나 작가이면서 동시에 독자인 네티즌들이 만드는 새로운 이야기의 출현을 확신하기도 한다. '세컨드 라이프'는 인터넷 공간에서 새로운 삶을 가꾸어가는 일이 가능함을 극명하게 보여줬다. 현실과 연결되어 있으면서도 거리를 두는 그 '틈'과 그 '사이'에서 낯선 이야기들이 명멸한다.

이야기에 대한 미학적 가치가 우선시되던 시절도 지나갔다. 어떤 이야기는 여전히 아름다움을 추구하는 것이 목표지만 어떤 이야기는 정보를 간명하게 전달하는 도구이며 어떤 이야기는 디지털 기술을 구현하는 작은 역할에 머무른다. 구조주의가 학술활동을 규정하는 하나의 핵심적이고 보편적인 방법론으로 인정받았듯이, 이야기도 개별 학문의 영역으로 쪼개져 논의될 것이 아니라 여러 학문을 포괄하고 융합하는 보편 영역으로 자리매김될 필요가 있다. 이야기는 예술이나 공학이나 경영학이나 인문사회학 중 하나에 속하는 것이 아니라 그 전체를 종횡으로 아우르는 크고 변화무쌍한 강줄기에 가깝다.

인간은 이야기를 좋아하는 동물이다. 디지털은 소멸하는 이야기들을 더 오래 더 빨리 더 쉽게 만들고 간직하는 길을 터놓았다. 이제 넓은 서재도 비싼 공연장도 이야기를 즐기는 필수 조건은 아닌 것이다. 이야기로 과연 무엇까지 할 수 있을까. 이야기 산업의 미래를 전망하는 진지한 이야기를 지금, 여기에서 시작해야 한다. 미래는 준비하는 자의 것이다. (2008)

『트랜스미디어 스토리텔링의 이해』, 류철균 외, 이화여대출판부, 2015

디지털 시대, 이야기의 생성과 전이 그리고 소멸을 다룬 책이다. 특히 미디어를 오가며 벌어지는 이야기의 다양한 면모를 친절하게 소개하고 꼼꼼하게 분석한다. 이 변화들은 종이책에 담긴 소설을 중심으로 이야기를 배우고 익힌 뒤 확장되던 방식에서부터 얼마나 멀리 나아갔을까. 트랜스미디어 환경에서 이야기꾼의 역할은 또 어떻게 바뀌었을까. 책을 읽고 나면, 미디어는 바뀌어도 이야기는 불멸하겠다는 낯선 희망을 품게 된다.

지금 여기의 문제는
결국 인간의 문제다

스릴러의 시절이다. 주목받는 소설과 영화의 중심엔 범죄가 있고, 그 범죄를 저지른 이와 파헤치는 이의 대결 구도가 팽팽하다. 적당히 대충 얼버무린 채 장밋빛 희망을 펼쳐 보이는 이야기를 즐기기엔 '지금, 여기'가 너무 힘겹기 때문일까. 사필귀정事必歸正의 어두운 이면은 특히 선과 악, 죄와 벌을 가르는 법률 제도를 향한다.

존 그리샴의 신작 『소송사냥꾼』(문학수첩, 2012)엔 신나는 역전극이 없다. 대신 작가의 시선은 소송을 준비하는 변호사들에게 향한다. 직함은 같지만 대형 로펌과 영세 법률사무소 변호사의 삶은 월급 액수만큼이나 격차가 크다. 전자가 할당된 일을 해내느라 바쁘다면 후자는 변호할 일을 찾아내느라 분주하다.

여기 젊은 변호사 데이비드 징크가 있다. 그는 두둑한 월급을 포기하고 인간다운 삶을 찾아 가난한 '핀리앤피그 법률사무소'로 내려온다. 오스카 핀리와 왈리 피그는 이혼, 교통사고, 부동산 등 돈 되는 소송이면 무엇이든 맡는 변호사다. 이들에게 벼락부자를 허락하는 급행열차는 집단 소송이다. 세 변호사는 크레이옥스라는 클레스테롤 치료제의 부작용에 주목하여 제약사인 버릭스 랩스를 상대로 소송을 제기한다.

예전의 존 그리샴이라면 약의 부작용을 은폐하려는 제약회사와 이를 파고드는 정의로운 변호사의 대결을 뼈대로 삼았으리라. 이 뼈대는 환자의 사망 이유가 크레이옥스의 부작용 때문이 아니라는 연구 결과가 나오면서 엉뚱한 방향으로 뒤틀린다. 정의와 불의의 상투적인 대결 구도가 붕괴된 자리엔 일확천금을 바라며 소송을 제기했다가 곤경에 처한 가난한 변호사들만 패잔병처럼 남는다. 이들은 재판이 진행되기 전에 제약회사와 합의를 이루리라 예측하고 소송 준비조차 하지 않았다. 제약회사를 대리한 로펌은 집단 소송을 일삼는 소송사냥꾼들을 일벌백계로 다스리겠다며 배심원 판결까지 재판을 밀어붙인다. 오스카는 왈리에게, 왈리는 데이비드에게 재판을 떠넘기고 빠진다.

홀로 남은 신출내기 변호사 데이비드는 어떻게 되는가. 그는 선배들을 따라 관행적으로 소송을 제기하면 재판도 지고 돈도 벌기 어렵다는 깨달음을 얻는다. 존 그리샴은 양심에 따라 관행을 깨고 새롭게 도전하는 자리를, 데이비드를 위해 그리고 희망을 원하는 독자를 위해 남겨둔다.

마지막 장을 덮고 생각해본다. 지금 한국에서 유행하는 스릴러 역시 정의 자체보다는 정의로움으로 규정되어가는 과정에 천착

한다. 경찰 혹은 법원 내부를 향하는 대중들의 시선 역시 자못 날
카롭고 깊다. '장르물'이라고 간단히 폄하되던 이야기들이 대중의
고통과 상처 그리고 비판의 지점을 담아내고 있는 것이다.

장르소설이라고 하면 현실과 동떨어진 환상을 다루는 것으로
잘못 이해되어왔다. 그러나 판타지든 스릴러든 SF든 장르소설은
지금 여기의 문제를 다룬다. 그것이 거대한 비유의 숲이거나 치밀
한 두뇌 게임이거나 과학에 기반을 둔 모험일지라도 결국 인간의
문제로 되돌아온다. 볼록거울 혹은 오목거울 앞에 처음 섰을 때의
충격을 기억하는가. 편안하여 때론 지루한 상식 너머의 세계를 장
르소설은 과감하게 파고들어 부수고 변형시키며 재구성한다. 가
장 구체적인 것에서부터 가장 추상적인 것까지 소재도 무궁무진
하다. 평생 이야기를 만들며 그 속에서 재미와 의미를 찾으려는
이여. 법을 흔들고 역사를 흔들고 우주를 흔들 이야기를 품고 달
려오라! (2012)

『타임 투 킬』, 존 그리샴, 김희균 옮김, 시공사, 2005

존 그리샴의 처녀작. 법정소설의 대가가 될 씨앗들이 담긴 소설
이다. 일찍이 도스토옙스키가 『죄와 벌』(열린책들, 2009)에서
논파했듯이, 죄 지은 자들이 합당한 벌을 받지 않을 때 정의는
어떻게 지켜질까. 존 그리샴 소설의 주인공 변호사들은 이 문
제를 어떻게든 법정으로 끌고 와서 해결하려 들지만, 현실은 그
들의 원칙을 짓밟는 경우가 대부분이다. 거기서부터 두 가지 질
문을 던지며 이야기가 뻗어나간다. 법정이 이래서야 되겠는가.
법정이 계속 이따위라면 법정 밖에서 차선책을 마련해야 하지
않겠는가.

최고 상황을 기대하고
최악 상황에 대비하라

쓰나미가 일본을 강타했다는 소식을 접한 뒤, 스티븐 킹이라는 소설가와『죽음의 무도』라는 호러물에 관한 에세이집 그리고 그 속의 이 문장이 떠올랐다. "당신이 낯선 살인자를 만나는 것은 당신이 그저 우연히 잘못된 시간에 잘못된 장소에 있기 때문이다." 희생된 이들이 죽어야만 하는 타당한 이유가 전혀 없기에 엉뚱한 핑곗거리를 갖다댄 것이다. 물론 희생된 이들이 머문 시공간 역시 잘못은 없다. 그때 그곳에 없었더라면 하는 아쉬움이 남을 뿐이다.

죽음이란 단어가 올해처럼 자주 쓰인 적은 드물다. 짐승도 사람도 너무 많이 죽었다. 천千도 많은데 만萬을 넘으니 가늠하기조차 힘들다. 21세기에 이처럼 큰 재앙이 연이어 일어나리라곤 상상도 못 했다. 전 세계의 뉴스 채널에서 쓰나미 특집 방송이 온종일 이어졌지만 희생자들의 주검을 담은 장면은 거의 없었다. 너무나 참혹하다는, 안치소를 둘러본 기자들의 한숨 소리만 겨우 들린다. '참혹'이란 단어를 뉴스에서 거듭 접하고 다시 스티븐 킹이 적은 간명한 문장 하나를 기억해냈다. "공포는 우아한 장르가 아니다."

공포물은 우아하지도 합법적이지도 않다. 이 문장에서 주어를 '공포물' 대신 '재앙'으로 바꿔 읽어보자. 재앙은 우아하지도 합법적이지도 않다. 대부분의 사람들은 그런 재앙이 내게는 오지 않겠거니 막연히 추측하고, 국가가 마련한 다양한 법률적·물리적 안전장치들을 믿으며 안도해왔지만, 놀랍게도 재앙은 근절되지 않고 인류 전체를 위협하고 있다. 재앙 앞에서 국가는 책임을 회피하기 바쁘다. 관련 기업 역시 회사가 입을 손해를 최소한도로 줄이고자 애쓸 뿐 피해자들의 미래에는 관심이 없다. 결국 남는 것은 재앙과 맞닥뜨린 개인이다. 재앙의 시발점에는 인류가 자신들을 위해 만든 원전까지 포함된다. 나 하나만 내 회사만 잘하면 된다는 생각은 안일하다. 세계가 담 없이 평평하게 이어진 지금, 미국 금융 위기나 중동 오일 달러의 변화가 하루아침에 당신을 재앙에 빠뜨릴 수 있다. 쓰나미에서 보듯, 재앙이 닥친 후 대비하면 이미 늦다. 내 삶에 닥칠 최악의 상황을 상정하고, 그 상황에서도 이성을 잃지 않고 생존한 방법을 찾는 것이 중요하다. 스티븐 킹의 어머니가 아들에게 입버릇처럼 되뇐 충고처럼. "최고 상황을 기대하고 최악 상황에 대비하라."

다시 말해 공포물은 당신에게 '필사적으로' 불행과 두려움과 슬픔과 절망을 선사하려 든다. 물론 당신도 굳건한 성벽이나 십자가 목걸이 그리고 최신식 무기를 가지고 적들과 맞서 싸울 수 있다. 그러나 정의가 승리하고 약자가 위로받으며 범법자가 죽거나 체포되는 일은 거의 없다. 오히려 더 끔찍하고 완전한 패배로 끝나는 이야기도 적지 않다. 당신과 맞붙어 싸울 적이 "토론도, 협상도 불가능하고, 저들의 가정과 가족에게 보복하겠다고 협박하는 것조차 불가능한" 절대 포기를 모르는 빠르게 움직이는 테러리스트인 좀비라고 상상해보라. 당신이 좀비가 되기 전에는 끝나지 않을 싸움이 여기에 있다.

탈출구가 없는 결말은 "당신의 마음을 갈가리 찢어놓을 것이다". 스티븐 킹은 이미 앞에서 강조했다. 공포는 우아한 장르가 아니다. 현실의 공포에서 벗어나기 위해선 그 공포를 외면하지 말고 모조리 보고 듣고 느껴야 한다. 바닥의 바닥까지 내려간 뒤, 마지막 공포가 무엇인지 아는 자만이 이 순간의 행복을 진심으로 소중하게 여기는 법이다.

『샤이닝』(황금가지, 2003) 『미저리』(황금가지, 2004)를 비롯한 스티븐 킹의 호러물들은 당신을 적당히 흔들다가 제자리로 돌려놓지 않는다. 그 이야기들은 당신을 최고난도 롤러코스터에 안전 바도 없이 매단 채 달린다. 이런 대우는 옳지 않다. 그러나 아무리 스티븐 킹이 호러물을 잘 만든다고 해도, 가짜 다큐멘터리 형식을 차용하여 모든 허구가 사실로 느껴져도, 이야기의 공포는 현실의 공포에 미치지 못한다. 스티븐 킹은 주장한다. 공포물은 죽음의 무도DANSE MACABRE가 아니라 독자와 관객을 죽음에서 빠져나오도록 이끄는 순수한 꿈의 춤이라고. 강력한 위로는 망각이 아니라 응시라고. 정면에서 두 눈 크게 뜨고 품으라고. 쓰나미가 휩쓸고 간 폐허에서, 감히 당신에게 이 춤을 권해드린다. (2011)

『죽음의 무도』, 스티븐 킹, 조재형 옮김, 황금가지, 2010
장르는 작가와 독자를 잇는 다리다. 나는 글감을 정하면 그에 맞는 장르부터 고민하는 편이다. 또한 장르는 작가가 세상을 보는 안경이다. 스티븐 킹은 호러를 통해 자신의 생각을 펼치고 세상의 문제들을 짚어왔다. 이 책에는 그가 왜 호러에 빠져들었고 또 호러를 평생 쓰면서 살아가고 있는지 그 이유가 명쾌하게 담겼다. 『유혹하는 글쓰기』(김영사, 2002)까지 함께 읽으면 좋겠다.

배움이란 한 사람이 한 사람을
뜨겁게 만나는 과정에 다름아니다

반복은 열정이다. 같은 영화를 두 번 보는 순간부터 영화광의 길이 열리고, 같은 소설을 읽고 베끼는 순간부터 이야기꾼의 습작은 시작된다. 스승으로 삼고 싶은 이가 있다면, 당신은 몇 번 정도 그를 찾아가서 머리를 조아리겠는가? '삼고초려'라는 사자성어를 언뜻 떠올릴 수도 있겠지만, 천 번이나 스승의 집 대문을 두드린 이가 있다. 그 학생은 에커만이고, 그 스승은 괴테이며, 그들의 만남이 담긴 책이 바로 『괴테와의 대화』이다.

배움이란 한 사람이 한 사람을 뜨겁게 만나는 과정에 다름아니다. 예수와 석가와 공자 등 인류의 스승들은 '글'이 아니라 '말'로 제자의 고민에 답했다. 제자의 수준에 따라 가르칠 내용을 바꿔 들려준 것이다. 신약성서에 숱하게 나오는 그 많은 독창적인 비유들, 인仁에 대한 공자의 다양한 의미 부여도 사제지간의 만남에서 오간 대화의 유일무이한 뜨거움 탓이다. 글은 단정하지만 그 말의 미묘한 차이까지 전부 담진 못한다.

책이나 영상물 혹은 인터넷을 통해 다양한 만남이 가능해졌다. 그러나 아무리 쌍방향 접촉이 가능하다고 해도, 이 매체들은 인간에 의해 이미 만들어진 그 무엇이다. 질문을 던지는 자의 깊은 속내, 즉 부끄러워 차마 묻지 못한 질문들, 머뭇거리는 바람에 핵심을 잃은 설명들, 약점을 감추려고 과장되게 강조한 대목들까지 이 매체들이 헤아려 답할 수는 없다. 더운 피가 흐르는 사람을 만나 그의 눈동자를 보고 헛기침 소리를 듣고 침묵이 건네는 이야기에 고민하며 풍겨나오는 느낌을 체험하고 싶은 욕심이 우리를 '특별한 대화'로 이끈다.

한 번이든 천 번이든, 격식을 갖춘 공식적인 자리에서 만나든 잠옷 차림의 지극히 자유로운 공간에서 만나든, 대화의 특별함은 사라지지 않는다. 지적 수준이나 생의 경험이 비슷한 이들끼리의 대화조차도 사소한 오해와 질투와 불신 때문에 불행한 결과를 종종 낳곤 한다. 그런데 한 사람은 독일의 대문호이고 또하나 사람은 무명의 청년 시인이라면, 둘의 대화가 원만하게 오가기란 무척 어렵다. 젊은 신입 사원이 연로한 대기업 CEO와 매일 독대하여 기업에 관해 묻고 답한다고 상상해보라. 바늘방석이 따로 없을 것이다.

청년 에커만이 줄기차게 괴테를 만나고, 수많은 가르침을 얻고, 또 그것을 정확하고 풍부하게 기록한 데는 몇 가지 그만의 장점이 있다. 우선 에커만은 괴테가 자신을 만나고자 하는 이유를 빨리 파악하여 거기에 집중했다. '예술가로서 괴테의 삶'이라는 핵심을 틀어쥐었던 것이다. 둘째, 에커만은 괴테의 이야기를 끝까지 듣고 정확히 기록할 귀와 손을 지녔다. 이 책에만 직접 인용된 괴테의 단단하고 당당한 문장들을 보라. 그 문장들은 예술의 울타리를 넘어 인생의 망망대해로 뻗어간다. "작가 자신에 대해 알게 되는 것은 즐기고 있거나 고뇌하고 있을 때뿐이네. 따라서 고뇌와 기쁨을 통해서만 자신이 무엇을 추구하고 무엇을 피해야 하는가를 배우게 되네." 셋째, 에커만은 성실했다. 이 성실함에는 시간 약속을 철저하게 지키는 데서부터 괴테와 나눈 이야기를 그때그때 정리하고, 새로운 대화를 준비하기까지 에커만의 처절한 노력이 포함된다. 누군가를 만나 진심으로 대화를 나눠본 사람이라면 알리라. 뜨거운 대화들은 늘 시공을 초월하여 뜻하지 않은 곳으로 마구 뻗어간다. 대가일수록 그 지식과 체험의 진폭이 상상을 초월하는 경우가 많다. 괴테만 해도 과학에서 민속학으로, 문학에서 조각과 회화로 종횡무진 움직였다. 준비를 철저히 했지만 알아듣지 못하는 대답이 늘어만 갈 때, 당신이라면 그 자리를 어떻게 버티겠는가? 에커만은 타오르는 괴테의 말을 성급하게 자르지도 않았고 두려움에 떨며 다음 약속을 파기하지도 않았다. 에커만은 더 많이 읽고 더 깊이 생각한 뒤 다시 괴테와 무릎을 맞댈 만큼 용기 있는 영혼이었다.

배움에 끝이 없다는 말은 괴테와의 만남을 준비하느라 꼬박 지새운 에커만의 무수한 밤들을 위해 바쳐야 하는 헌사다. 천 번을 만나고 싶을 만큼 흠모하는 이가 지금 당신 곁에 있는가. 천 번을 만나도 마르지 않고 질문을 이어갈 자신은? "이것이 바로 나만의 괴테다!"라고 주장한 에커만처럼 생을 바쳐 기록하고픈 대화가 없다면 당신은 다시 배움의 길을 떠나야 한다. (2011)

『괴테와의 대화』, 요한 페터 에커만, 장희창 옮김, 민음사, 2008

괴테는 쉽지 않다. 솔직히 어렵다.『젊은 베르터의 고통』(을유문화사, 2010)이나『파우스트』(민음사, 1999)를 독파하더라도 빌헬름 마이스터의 이야기들은 따라가기 벅차다. 괴테의 저자 직강을 들을 수만 있다면 얼마나 좋을까. 이 책은 괴테를 포기하려는 이들에게 작은 용기를 준다. 괴테의 작품을 접하기 직전 읽어도 좋고, 괴테의 작품을 섭렵한 뒤 정리 삼아 읽어도 좋다. 두 번 읽는다면 더욱 좋다.

내가 알고 있는 가장 진실한
문장 하나면 돼

트위터 시대에 새삼 주목받는 아포리즘의 달인으로 공자를 꼽고 싶다. 트위터의 매력이자 한계는 140자에 자신의 뜻을 담아야 한다는 것이다. 『논어』에 담긴 촌철살인의 단문들을 보라. 공자는 질문자의 눈높이에 맞춰 다양하게 변주된 답을 준다. 압축과 비약 그리고 진심이 묻어나는 아포리즘이 단기간에 기하급수적으로 퍼져 각광받는 세계가 바로 트위터다. 공자만큼이나 짧고 강력한 문장으로 자신의 뜻을 밝힌 이가 어니스트 헤밍웨이다. 그는 이런 저런 스캔들로 악명이 높았지만 글쓰기에 대해서만큼은 깊고 정직했다.

래리 W. 필립스가 엮은 『헤밍웨이의 글쓰기』(스마트비즈니스, 2009)엔 트위터에 올리고 싶은 실용적이면서도 재치 넘치는 아포리즘이 가득하다.

먼저 작가인 헤밍웨이가 가장 싫어하는 것은 무엇이었을까. "제가 금기 사항으로 여기는 것은 단 하나, 어떤 것도 반복하지 않겠다는 겁니다." 어떤 시대나 인물 혹은 장르나 스타일로 써서 성공을 거두고 나면 다시 그것을 반복해 부와 명예를 거머쥐고 싶은 유혹이 밀려든다. 작가 입장에서도 반복은 쉽다. 쉽지만 지루한 자기복제다. 이 자기복제가 서너 번 이어지면 독자들도 곧 눈치를 채고 그 작가를 외면하고 만다.

글이 잘 만들어지지 않을 때는 어떻게 하는가. 요즘은 꼭 전문 작가가 아니라도 공적으로 혹은 사적으로 글을 쓸 기회가 부쩍 늘었다. 특히 마감이 있는 글일 때는 순간순간 절망의 늪에 빠져든다. 책상 앞에 온종일 앉아 있어도, 관련 자료를 들춰도, 하다못해 술이나 음악에 의지해도 만족할 만한 글이 써지지 않을 때가 누구에게나 있을 것이다.

글 때문에 힘겨워하는 이들을 위해 대작가 헤밍웨이가 목소리 낮추어 충고한다. "그냥 진실한 문장 하나를 써내려가기만 하면 돼. 내가 알고 있는 가장 진실한 문장 하나면 돼."

거창하게 문제점을 분석하거나 불안감을 지우려 장황하게 이 문장 저 문장 이어붙이지 말고, 정보나 지식이나 신기술에 기대지 말고, 지금 자기 자신에게 가장 진실한 문장 하나만 찾으라는 것이다. 그 문장만 찾아서 쓰고 나면 나머지는 실타래 풀리듯 술술 이어지리라는 이야기다.

헤밍웨이는 특히 퇴고를 강조하는 작가다. "모든 초고는 쓰레기"라고 거침없이 말한 이도 그이고 "10만 단어 정도를 버렸습니다"라고 담담하게 고백하는 이도 그다. 퇴고가 단순한 교정 교열이 아니라, 초고만큼이나 중요한 창작의 한 축이라는 것을 잘 알고 있었던 것이다.

이미 써둔 문장들이 너무 아까워서 어떻게든 살려서 남겨두려 할 때마다 나는 10만 단어를 버리고 상심에 잠긴 헤밍웨이, 사라진 10만 단어 대신 더욱 싱싱하고 날 선 10만 단어를 채우기 위해 집필에 몰두하는 헤밍웨이를 상상한다. 그가 버린 10만 단어에 비하자면 내가 지금 지우거나 고치려고 하는 단어는 지극히 적다는 위로 아닌 위로까지 덧붙일 때도 있다.

헤밍웨이는 '소설'이라는 판에서 누가 최고인가를 발견하기 위해 많은 소설을 읽었다. 그리고 몇몇 빛나는 이름들 앞에 도전장을 던졌다.

"고인이 된 작가들을 때려눕혀보려는 시도를 시작했습니다. 얼마나 위대한지 제가 익히 알고 있는 작가들 말입니다." 톨스토이, 투르게네프, 모파상, 헨리 제임스, 세르반테스, 멜빌과 도스토옙스키와 맞서서 헤밍웨이는 맹렬하게 쓰고 또 썼다.

이 대목에서 영화 〈주유소 습격사건〉에서 유오성이 남긴 명대사가 떠오른다. "난 한 놈만 패." 이야기를 만들 때 관련 소설이나 영화를 많이 참조하면 오히려 그 상상력에 갇히고 만다.

헤밍웨이는 주장한다. 지금 쓰고자 하는 영역에서 가장 뛰어난 작가와 작품이 무엇인지 파악하여 남김없이 정면승부하라. 헤밍웨이는 '챔피언이 될 수 있다는 확신을 가지고' 그 길을 갔다. 눈 덮인 킬리만자로를 홀로 올라간 표범처럼, 그는 자신의 문장으로 죽음과 코를 맞대는 치명적인 승부를 원했던 것이다.

"작가라면 매일 영원의 세계를 직면해야 합니다. 아니면 영원의 세계가 없다는 것을 직면해야겠죠." 내 트위터에 인용한 헤밍웨이의 이 문장에서, 주어가 꼭 '작가'일 필요는 없다. 지금 이 칼럼을 읽고 있는 여러분이어도 멋질 것이다. (2010)

『파리는 날마다 축제』, 어니스트 헤밍웨이, 주순애 옮김, 이숲, 2012

앞이 막히면 뒤를 돌아본다 했던가. 노벨문학상의 영광까지 누린 헤밍웨이는, 자살로 생을 마감하기 전 몇 해 동안 파리 회상기를 썼다. 가난하지만 글쓰기에 대한 열망만은 차고 넘치던 시절, 원고를 쓰고 쓰고 또 쓰는 젊은 헤밍웨이의 이야기다. 젊은 자신을 문장으로 적어가며 늙은 헤밍웨이는 무슨 생각을 했을까. 이번 생의 주인은 젊은 소설가도 늙은 소설가도 아니고, 그들이 만들어낸 문장과 문단과 소설이라고 여기진 않았을까. 품고만 있어도 따뜻하고 가슴 한쪽이 젖어드는 책이다.

벼랑에 매달려
손을 놓는 이가 돼라

고백의 정수! 정직한 글쓰기의 교본이 바로 『백범일지』다. 백범은 첫머리에서 밝힌다. 자신은 역적 김자점의 방계 후손이며, 황해도에 은거하여 '판 박힌 상놈'으로 살아왔다고. "애비는 종이었다"로 시작하는 서정주의 시 「자화상」에 맞먹을 만큼 꾸밈없다. 진솔하여 오히려 놀랍고 아름답다.

『백범일지』가 '판 박힌 상놈'의 한풀이나 콤플렉스로 가득찬 책이라고 짐작하면 큰 잘못이다. 백범은 반상이나 빈부를 살펴 평가의 근거로 삼는 편견에서 멀리 벗어난다. 『백범일지』를 펼칠 때마다 먼저 찾아 읽는 장면이 있다. 1932년 윤봉길이 홍커우 공원에 폭탄을 던지기 직전 어느 날의 이야기다.

홍커우 공원을 미리 둘러보며 거사할 위치를 점검하러 나갔던 윤봉길이 돌아와서 백범에게 말했다. 내일 저격 대상인 시라카와 대장을 우연히 만났다고. 오늘 폭탄을 가졌더라면 당장 죽일 텐데 하는 생각이 들었다고. 그때 백범의 충고가 걸작이다.

"포수가 꿩을 쏠 때에도 날게 한 후 쏘아 떨어뜨리고, 숲속에서 자고 있는 사슴은 달리게 한 후 쏘는 것이 사냥의 진정한 맛이오. 군이 지금 그러는 것은 내일 거사에 성공할 자신감이 미약하기 때문이 아니오?"

그리고 백범은 평생 가슴에 품고 다니는 문장을 윤봉길에게 들려준다. "가지를 잡고 나무를 오르는 것은 기이한 일이라고 할 수 없다. 벼랑에 매달려 손을 놓는 사람이라야 대장부라 할 수 있다 (得樹攀枝無足奇 懸崖撒手丈夫兒)." 이 문장에 기대어 백범의 젊은 날을 다시 살펴보자.

백범의 젊은 날은 실패의 연속이었다. 백범은 등용문에 오르고자 과거 공부를 시작한다. 서당에서 잠을 아껴가며 공부에 매진하지만 백범은 스스로 입신양명 길을 접는다. 돈으로 답안지를 거래하는 과거 시험장 풍경이 백범에게 깊은 절망과 분노를 안긴 것이다. 다음으로 백범은 동학에 투신한다. 황해도 최연소 접주가 되어 최시형도 직접 만나고 해주성 전투에 참전하지만 패퇴하고 만다.

그리고 백범은 의병운동에 뛰어든다. 시해된 명성황후 복수를 하고자 치하포에서 일본인 쓰치다를 죽인 뒤 인천 감옥에 사형수로 갇힌다. 처형되기 직전 고종의 특별 명령에 따라 형 집행이 정지되고, 감옥에서 지낼 뜻이 없었던 백범은 탈옥하여 쫓기는 신세가 된다. 이름을 바꾸고 때로는 절에서, 때로는 교회에서 삶을 꾸리며 일본 경찰 추격을 피한다. 그리고 다시 105인 사건에 연루되어 투옥되었다가 만기 출소한다.

거칠게 요약한 백범의 젊은 날은 모색과 투신 그리고 실패와 재도전으로 점철된다. 개화기에 출중한 인물들이 많이 등장했지만, 백범처럼 전국을 떠돌며 당대의 모든 사상과 종교를 두루 섭렵한 이는 드물다. 한학, 동학, 불교, 기독교 등 동서양 학문과 종교를 두루 배우고 익히면서 크게는 조선이라는 나라, 작게는 자기 자신에게 가장 올바른 길을 찾아 헤맨 것이다. 백범이 상하이에서 임시정부를 이끌며 윤봉길, 이봉창 등과 거사를 도모한 밑바탕에는 젊은 날 겪은 숱한 실패의 기억과 극복의 기쁨이 자리잡고 있다. 아무리 극한 고통과 슬픔과 공포도 능히 이겨낼 마음가짐을 갖춘 것이다. 수많은 흉터를 훈장처럼 지닌, 어떤 폭풍우에도 흔들리지 않는 거목, 그가 바로 백범이다.

실패의 순간은 누구에게나 한두 번씩은 반드시 찾아든다. 당신은 실패에 어떻게 대처할 것인가. 청년 백범은 먼저 깨끗이 자신의 잘못과 실패를 인정한다. 미련도 원망도 갖지 않는다. 그리고 이름도 바꾸고 주소도 바꾸고 생각도 바꾼 다음, 새로운 성공의 길을 찾아 힘차게 다시 도전한다.

백범의 이런 당당함 뒤에는 아들을 변함없이 후원하는 부모가 있었다. 문득 생각해본다. 백범처럼, 젊은 시절 단 한 번도 성공한 적이 없는, 실패는 해도 패배하지는 않은 젊은이가 21세기 지금 대한민국에 살고 있다면 그를 원하는 회사가 과연 있을까. 눈부신 성공 경력보다 피땀으로 얼룩진 실패의 기록을 더 빛나고 소중한 보물로 인정할 수 있을까. 지금 눈앞의 실패를 두려워하거나 부끄러워하는 당신에게 백범의 목소리를 들려주고 싶다. 떨어질까 두려워 벼랑에 가까이 다가서지 않는 이가 되지 말고, 벼랑에 매달려 손을 놓는 이가 돼라! (2011)

『백범일지』, 김구, 도진순 옮김, 돌베개, 2005
읽을수록 깊다. 상하이로 가기 전, 이름을 바꾸고 종교를 바꾸고 생각을 바꾸며 청년 백범은 어디로 나아갔던 것일까. 상하이로 건너간 뒤 숱한 이들이 임시정부를 떠날 때, 처음부터 끝까지 뜻을 바꾸지 않고 자리를 지킨 이가 또한 백범 선생님이다. 스스로를 바꾸고 싶을 때 읽어도 좋고 지키고 싶을 때 읽어도 좋다. 해방 이후 백범 선생님의 언행을 모은 『백범어록』(돌베개, 2007)까지 읽고, 거인의 일대기를 그려보는 것도 좋겠다.

갈 길이 멀다

장편작가로 사는 특별함을 이야기해달라는 청을 받을 때마다 슬그머니 '작가의 시간'을 꺼내들곤 한다. 수십 명의 등장인물을 움직이고 갈등을 만들고 다양한 장소를 문장으로 옮기는 것도 흥미롭지만, 중첩된 시간을 살며 그 사이의 긴장을 느끼는 것만큼 매혹적이진 않다. 최근작『목격자들』을 쓸 때, 나는 소설 속 시간인 1780년과 소설 밖 시간인 2014년을 함께 보냈다. 최소한 6개월 길게는 10여 년을 꼬박 두 시간대를 생각하고 느끼며 사는 것이다. 발자크만큼은 아니지만 종종 시간대를 혼동하여 실수를 저지르곤 한다. 2014년엔 상식인 것이 1780년엔 기적일 수도 있고, 1780년엔 참신한 생각이 2014년엔 이미 폐기된 고루한 사상일 수도 있다.

개인적인 삶을 고백하는 사소설私小說로부터 소설 쓰기를 시작하는 작가도 있지만, 나는 자신이 없었다. 그 순간에만 튀어나오는 문장들이 있는 것이 사실이더라도, 이런 삶 이런 말 이런 글 이런 행동을 하나로 꿰어 청동상처럼 세워놓고 싶지 않았다. 반백년은 살아본 뒤 초발심의 순간들을 되짚어보겠다고 여긴 것이다. 내가 특별히 노년에 집필된 자서전들을 아끼는 것도 이 때문이다.

느리게 아주 느리게 읽고 싶은 책을 만나기란 쉽지 않다. 오래전 하위징아의 『중세의 가을』(문학과지성사, 1997)을 펼쳤을 때, 그 유려한 문장과 짙은 슬픔과 풍성한 기억의 흐름에서 빠져나오기 싫어 아주 조금씩 느리게 읽었다. 츠바이크의 『어제의 세계』도 그런 책이다. 내게 이 책은 '근대의 가을'로 읽힌다. 근대가 지닌 놀라운 장점과 치명적인 약점을 너무 일찍 살아버린 자의, 참고 자료라곤 전혀 없이―당시 유럽에서 손꼽히던 장서가임에도―망명지인 아메리카 대륙에서 기억에만 의지하여 써내려간 회상록인 것이다. 머리말에서 그는 자신의 일생을 개인의 체험이 아니라 세대의 경험으로 이렇게 자문자답한다. "우리는 도대체 보지 않았던 것이 있었던가, 받아 보지 못한 고통이 있었는가, 함께 체험하지 않았던 것이 있었는가? 우리는 생각할 수 있는 한 모든 파국의 카탈로그 구석구석까지 파헤쳤다."

제1차 세계 대전 이전의 세계와 이후의 세계 또 제2차 세계 대전에 돌입한 세계의 변화를 츠바이크는 수백 혹은 수천 년의 변화보다도 격렬한 추락으로 받아들이고 결국 자살했다. 자서전을 쓰는 내내 제1차 세계 대전 이전과 지금, 제2차 세계 대전 이전과 지금을 꼼꼼히 비교했다. 절망은 내일이 오늘보다 나을 것 같지 않고, 오늘이 어제보다 못하다는 인식에서 비롯되었다. 행복했던 과거의 한때로는 돌아갈 수 없고, 내일은 오늘보다 더 고통스러울 것이므로, 그만 생을 마감하려는 마음이 든 것이다.

해방 이후 우리의 현대사를 들여다보면 성장을 최선의 가치로 두고 살았다. 그것도 '압축' 혹은 '고도'라는 단어를 수식어로 붙여 특별함을 더한 것이다. 오늘은 어제보다 낫고 내일은 오늘보다 월등하게 나으리란 확신 속에서 70여년을 보냈다.

2014년 봄부터 지금까지 우리는 절망했다. 이 망연자실함은 어디서 오는가. 그것은 그토록 압축하여 고도로 성장한 사회에선 결코 일어날 수 없는 일들이 연이어 터져나왔기 때문이다. 이미 멸균되어 사라졌다고 믿었던 질병이 버젓이 활개를 치는 장면을 목도한 심정이랄까. 머릿속으로 그려온 시간대와 현실로 맞닥뜨린 시간대에 큰 차이가 생긴 것이다. 인정하지 않을 수 없었다. 이 사회는 오늘의 세계에서 내일의 세계로 가는 것이 아니라, 여전히 츠바이크와의 자서전과는 다른 의미로 '어제의 세계'에 머물러 있음을!

지천명에도 이르지 않았기에 속단하긴 이르지만 내 삶의 큰 영향을 끼친 두 해를 짚는다면 1987년과 2014년이 될 것 같다. 두 해에 대한 느낌은 상반된다. 1987년은 6월 항쟁을 통해 직선제를 성취한 승리의 기억이 크다면, 2014년은 사회적으로도 개인적으로도 참담한 해였다.

30년 전의 일들을 끄집어내어 소설로 옮기는 작업을 하려다가 잠시 멈추고 2014년을 더 오래 들여다보고 있다. 어쩌면 지금의 고통이 1987년의 빛으로부터 드리운 어둠일지도 모른다는 의심이 생긴 탓이다. 그 둘을 각기 나눠 쓰면 예측 가능한 명암이 만들어질 뿐이다. 비상과 추락을 하나의 흐름에 두는 이야기를 만들어야 어제와 오늘 그리고 내일을 그릴 수 있지 않을까. 그러나 과연 그런 시도를 감행할 순간이 언제쯤이나 올까. 내 문장으로 감당하기엔 너무 짙고 무거운 암흑이 아닐까. 머뭇대는 내 책상 위로 츠바이크의 마지막 문단이 스며들었다.

　나는 이 문단을 읽으며 지금까지 내가 츠바이크를 잘못 이해하여왔음을 깨달았다. 그는 『어제의 세계』를 쓰고 낙담하여 자살한 작가가 아니라, 자살에 이를 정도의 처절한 반성을 『어제의 세계』로 남길 만큼 용감한 작가였다. 자신의 기억과 문장으로 유럽의 피투성이 반백년을 품은 것이다. 시대의 긴장이 작가 개인을 어디로 이끌 것인가는 원고를 마친 뒤에야 홀로 감당할 몫이다. 츠바이크는 그림자를 앞세워 지나갔고, 나는 이제 겨우 내 그림자를 돌아보려 하는 것이다. 갈 길이 멀다.

　집으로 향하는 길에 갑자기 내 앞에 나의 그림자가 있는 것을 알아차리게 되었다. 그것은 마치 이번 전쟁의 뒤에 지난 전쟁의 그림자가 드리워 있음을 보았던 것과 같았다. 그 그림자는 내내 나에게서 떠나지 않았다. 움직이지 않는 그림자가 밤낮으로 나의 모든 생각 위를 떠다녔다. 아마도 그 그림자의 어두운 윤곽은 이 회상의 서書의 많은 페이지 위에도 드리워 있을 것이다. 그러나 모든 그림자는 궁극적으로 빛에서 태어나는 것이다. 그러므로 새벽과 황혼, 전쟁과 평화, 상승과 몰락을 경험한 자만이, 그러한 인간만이 진정으로 살았다고 말할 수 있을 것이다.

–『어제의 세계』, 551~552쪽

기교는 진심을 이길 수 없다

시절이 하 수상하여 잠시 펜을 놓고 떠돌았습니다. 걸어도 걸어도 새 길은 없고 제자리걸음마저 힘겨웠습니다. 오래전 고전문학을 공부할 때 선배가 들려준 충고가 귓전을 때렸습니다. "어떻게 걸어왔는지를 알아야 갈 길을 준비하지 않겠어?"

10년 남짓 쓴, 특히 2년 동안 집중해서 발표한 산문을 모아 읽고 다듬었습니다. 손목의 힘이나 반짝이는 착상에서 출발한 글들은 세상에 내놓을 당시엔 그럴듯했지만, 다시 보니 부끄러운 부분이 많았습니다. 기교는 진심을 이길 수 없음을 새삼 깨닫습니다.

가끔 독자들을 만나는 자리에서 누구나 글을 쓸 순 있지만 '잘' 쓰는 것은 어렵다고 강조해왔습니다. 제 자신에게 던지는 채찍질이기도 합니다. 어지러운 나날, 쓸 것들이야 많지만 제대로 잘 쓰긴 역시 어렵습니다. 글이란 무엇이고 무엇이여야 하는지, 앞으로도 고민하며 살겠습니다.

가격을 매겨 팔긴 하지만, 정성을 쏟은 문장이 담긴 책은 단순한 상품이 아닙니다. 깨달음도 있고 우정도 있고 사랑도 있는 책은 사람과 사람을 이어주는 다리이기 때문입니다. 책으로 맺어진 인연의 따뜻함을 이 산문집으로 만들어 이어가고 싶습니다.

이 짧은 글들을 발견하고 책으로 묶자 제안한 김민정 편집자와의 첫 작업은 신났습니다. 책의 꼴을 갖춰가며 세 번 뭉클했습니다. 첫째, '책과 책임'이란 산문선을 이 책에서 시작하겠다고 했을 때입니다. '글쓰는 자의 책임'을 강조함과 동시에 '책과 책을 이어주는 책임'을 명확히 한 것이겠지요. 둘째, "아비 그리울 때 보라"라는 문장을 제목으로 삼겠다고 했을 때입니다. 멀리 시집간 딸에게 소설책을 필사하여 선물로 안긴 아버지의 마음이 담긴 문장이지요. 서연書緣의 순간을 편집자가 놓치지 않고 짚은 겁니다. 마지막 뭉클함은 이 책을 발판 삼아 걸음을 내디딘 후 말씀드리겠습니다.

6년째 전업으로 글을 쓰며 산책하는 동네 이름이 '문발文發'이라는 것이 새삼스럽군요. 글로 시작하여 피어날 수밖에 없나봅니다. 그렇다면 기꺼이!

2015년 9월 파주 작업실에서
김탁환

册과 책임 01

아비 그리울 때 보라
ⓒ 김탁환 2015

초판 1쇄 발행 2015년 9월 15일
초판 2쇄 발행 2015년 10월 20일

지은이 김탁환
펴낸이 강병선
편집인 김민정
표지 디자인 한혜진 | 본문 디자인 이원경
마케팅 정민호 나해진 이동엽 김철민 | 홍보 김희숙 김상만 한수진 이천희
제작 강신은 김동욱 임현식 | 제작처 영신사

펴낸곳 (주)문학동네
임프린트 난다
출판등록 1993년 10월 22일 제406-2003-000045호
주소 10881 경기도 파주시 회동길 210
전자우편 blackinana@hanmail.net | 트위터 @blackinana
문의전화 031-955-2656(편집) 031-955-8890(마케팅) 031-955-8855(팩스)
문학동네카페 http://cafe.naver.com/mhdn

ISBN 978-89-546-3731-2 03810

www.munhak.com